糖衣炮弹

想先说告白给你听，

没想到你比我更早动心。

糖糖主编

# 糖衣炮弹

小甜点の故事 补充每日糖分

11

## 是！前辈

长江出版社
CHANGJIANGPRESS
漫娱图书

# 第 11 个问题

你身边有哪些

# 甜得像小说 #

一样的小场景？

生活中细碎的甜

像晶莹剔透的水晶

在回忆的冲刷下

每一个场景

甜蜜得像最温柔的那一片光

@Q 玥枂 201710：

同桌的男生给前桌他女朋友拼八音盒（好像是这个东西吧，一个小机器人在拉小提琴，音乐很好听），我是他们 CP 粉粉头，带着笑意一直看。

@H-Ling 凌：

期末考试完，他在宿舍楼下等我下楼，我冲过去抱住他之后，他忽然对我说你脸上有东西，我摸了摸没有啊，然后下一秒他就吻上来了……

@ 君千泠：

初中作业单都是课代表写在黑板右边一排的，去抄作业单的时候，个子高高的他站在我身后，在我的头顶落笔。这样好像被包围进了他的世界里。

@ 桃子想念花轮君：

中秋节的时候自己做了月饼，但是糖和油放得太少了硬得像石头。觉得很灰心所以也只是试探性问了问他要不要吃，没想到他居然说："好啊"，下一秒就凑过来："那你喂我"（疯狂脸红）。

@ 千里绛辰：

中午背单词很困，闭着眼睛趴在桌子上，还没睡着，就感觉他把我手里的笔抽出来放好了，拍了下我的头，帮我把帽子戴起来挡光。

@ 叶先生睡在二十三月：

想起了初中时有一天放学下雨了。我跟他站在一条路两边的站台上。他转头看见了我，用手遮住头顶向我跑来。因为是突然在放学前下雨的都没带伞。中午的天空灰蒙蒙的视线所及也都是潮湿的，只有他跑过来时身上那件蓝色外套是唯一色彩。

@ 妤生爱城：

我喜欢了他一年半，他是个腼腆的小男孩，我比较大大咧咧，然后有一天我买了一包零食放学和他一起吃，他在做作业，没手拿，然后我不知不觉就喂到了他嘴边，然后他满眼带笑地看着我吃掉了我喂的东西。

@ 若水忆风：

大概是为了和他制造偶遇，所以确认他在身后不远处时加速，然后藏到拐角。结果刚藏好，一回头，发现他也在。（他绕路并用更快的速度赶到这儿）

@silly- 竹子：

中午午休的时候，他在做题，我拿他的胳膊枕着睡觉，结果他也没说什么，只是摸了摸我的头，然后搂着我趴在桌子上睡觉了。他是睡着了！！！可我完全睡不着啊！！！

**@ 无人个瞧：**

同桌课间的时候问我有没有吃的。我说没有，我也饿。

过了一会儿，我桌子上就堆了一堆零食。

与你在一起的每个刹那

我都能感受到蜜一般的甜

无关时间、地点、背景

只关于你

青涩的你

阳光的你

认真的你

少年的你、最好最好的你

# 男神分配计划

请尽快认领你的男朋友!

男神分配计划来啦！快把男神带回家。

小孩子才做选择，我都要!

快填表，错过等一年!

## 男神分配计划表

姓　名 ______________________

— 属性偏好 —

冰山

狼狗　傲娇

腹黑　霸总

阳光

奶狗　深情

学霸　万人迷

问卷契合度百分百才会匹配到心动男神哦

## 1. 年龄筛选：

喜欢年上型还是年下型？

年下——跳转到 **2**

年上——跳转到 **3**

## 2. 属性筛选：

偏爱傲娇猫系男还是深情犬系男？

傲娇猫系——成功匹配 **采蓝**

深情犬系——跳转到 **4**

## 3. 职业筛选：

更爱职业精英还是天才学霸？

职业精英——成功匹配 **吴泓州**

天才学霸——成功匹配 **唐泽辰**

## 4. 成熟度筛选：

喜欢小奶狗还是大狼狗？

小奶狗——成功匹配 **姜维知**

大狼狗——成功匹配 **黎远光**

采 蓝
忠犬系竹马
脑补型选手
萌点：傲娇亲口说的喜欢
男神世界：《少君开个屏》
吴泓州
非典型性霸总
Debuff 缠身
萌点：霸总的独一无二
男神世界：《霸总拿反了剧本之后》

## 唐泽辰

传说级大神
原则主义者

萌点：毒舌冰山隐藏的温柔

男神世界：《一块》

## 姜维知

土味情话选手
暗恋系乖崽

萌点：满心是你的深情直男

男神世界：《暖暖知我心》

## 黎远光

低调顶流影帝
万人迷

萌点：影帝是你的头号迷弟

男神世界《影帝师兄比我小六岁》

# 男神告白

## Cut 6

喜欢，是想要全世界都知道你是我的

独此一份，且独一无二

**采 蓝**

某些人出去了，就玩野了，不回来。不回来就算了纸鸢也不回，再不回来，本少君就去捉人了！

**采蓝**：@鹤先生 看着办。

**鹤先生**：快出来！老夫受不住啊 @你

你 回复 **先生**：关键步骤！勿扰！

你 回复 **少君**：……

吴泓州

我的实习生。

吴泓州：我家的小锦鲤。

你 回复 **笨蛋老板**：什么乱七八糟的？我不能有姓名吗？

吴泓州：也是我的——女朋友。

唐泽辰

官宣——唐白

**柳棉**：打住，很饱，不吃狗粮 @ 你

**胖虎**：我减肥，谢谢

**你** 回复 **柳棉**：已经在教训了。

**唐泽辰** 回复 **柳棉**：你们要学会习惯。

## 姜维知

啊啊啊，老师又生我气了，怎么办啊？

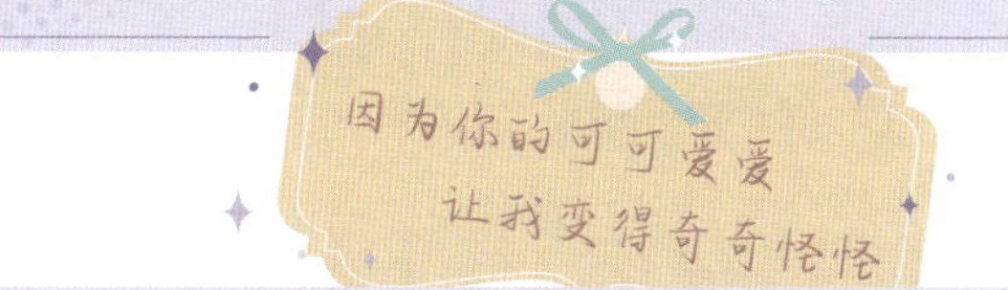

**你：**答应我，不要再给我写土味情话了好吗？

**姜维知** 回复 **你：**老师我错了！

**同学 A：**想不通你是怎么追到老师的……

**你** 回复 **同学 A：**可能当初我脑子抽了……

## 黎远光

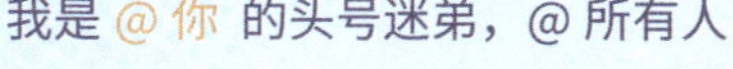

我是 @你 的头号迷弟，@所有人

**你：**？？？

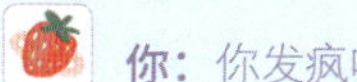

**你：**你发疯啦？

**经纪人：**黎远光你又闯什么祸啊！别以为公司是你的就可以胡来啊！@你 你管管他啊！

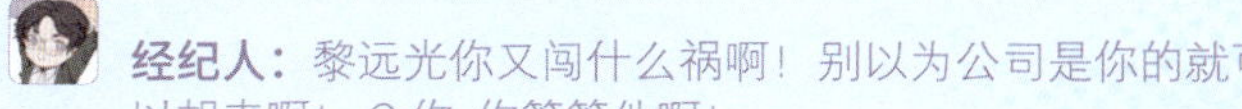

# 目录

文/奶酪君

# 影帝师兄比我小六岁

间歇性文思泉涌，持续性揭不开锅，
微博 @ 圆滚滚的奶酪君

## 01

“待会我们要接受记者采访，大纲在这里你先看一下。”经纪人将文件传到周小夏手机里。周小夏坐在小板凳上拿着小电扇吹着风，签新公司之前她的最后一部戏刚刚杀青，正是接受采访的好时机，一边可以宣传新剧一边也可以告诉大家她周小夏签约新公司了，真可谓一举两得。

周小夏仔细看完经纪人给的采访大纲和模板回答才放下手机。

“我倒是看了，”周小夏看着经纪人，嘴角勾着自嘲的笑容，“记者看了吗？”

经纪人大周是她出道就在身边的老熟人，一路看着她从寂寂无闻到声名鹊起，看着她所托非人云端跌落，又看着她现在艰难爬起。曾经红遍大江南北只当女主角的周小夏现在只能在各大剧组混个垫底女配角，还不能挑番位，管他 5 番 6 番 7 番 8 番，给钱的通通都是好番。

“看了。”大周说。

“哦。”周小夏懂了，这说明大周的红包已经给了。

几分钟后，补完妆的周小夏仪容端正地坐在位置上，挺胸抬头微笑，任摄像机 360° 拍摄也挑不出一点毛病来。

“关于这部戏你的角色……”记者提问提得心不在焉。

“这部剧中我的角色是……”周小夏早已习惯，她现在已经学会了用表情和起伏语调来勾起记者的兴趣让他们在报道里多带两笔新闻，同时在心里默念 1。

“拍摄的时候有没有什么特别的……”记者依然心不在焉。

“有，我觉得……”周小夏依然端庄地微笑着，同时在心里默念 2。

“新剧杀青加上新公司签约，你对未来……”

“我对未来的规划……”周小夏在心里默念 3。

“好的。”记者收起了心不在焉的表情，终于换上了有那么点期待的表情看着周小夏。

周小夏也随着记者调整状态一起严肃起来，看来这次大周只给了 3000 红包，她是没有数 4 的机会了。

曾经的周小夏也阔过，大几万大几十万安排记者毫不心疼。但今非昔比，想到自己的演出费就要被这个记者扣去了，最后的报道也不会给自己多几句好话，周小夏的心就在滴血。

对于周小夏这样曾经红过被绯闻击落但现在还在娱乐圈晃荡的女明星来说，采访里能多被说两句好话都算记者有良心。她拍了什么戏根本没人在乎，反正也不会是什么好戏，能挖两句她的绯闻才是新闻，才有流量，才有人愿意看。

来吧，问吧，不就是绯闻吗？我都被问惯了。周小夏保持着微笑破罐破摔地想。

“还没恭喜你，签约新公司之后你就和黎远光是同门了。”记者的话筒都快碰到周小夏脸上了。

“……谁？”周小夏笑容僵硬愣在原地。

“黎远光！”记者看到周小夏不自然的模样就知道自己这趟没白来，“对此你有什么感想吗？”

如果这是一部动画，周小夏此刻肯定已经石化裂开化成灰飘在空中了。她没什么感想，她想都不敢想。

黎远光此人简直是周小夏的圈中克星、命中天敌，好长一段时间内周小夏听见“黎”字都打冷战，就连面对人渣前男友周小夏都没那么大反应，大周一度怀疑过周小夏是不是得了“黎远光 PTSD”。

如果是正当红的周小夏此刻肯定对着记者夹枪带棒明嘲暗讽到自己爽为止。

但现在的周小夏……

“以后能得到黎远光先生的近距离指导，是我的荣幸。”周小夏即使僵着脸也说出了一番记者挑不出刺的话。

十分钟后。

“快快快。”周小夏催着司机。

“不能再快了，再快超速了！”司机紧张地看着表。

大周坐在周小夏旁边难得看到周小夏着急的模样：“打专车？你是突然有钱了还是怎么了？”

周小夏一脸生无可恋：“这事比钱重要！”

让周小夏不在乎钱了，看来这问题还挺严重。

“发生什么事了？”大周问，“为什么突然决定把签约时间提前？”

“你不知道？”周小夏看着大周，“公司要签黎远光！”

“黎远光？！”大周皱起眉头。

说到黎远光，即使是混迹娱乐圈多年像泥鳅一样滑不溜手的大周也觉得棘手，这黎远光可是一个麻烦的人物。

## 02

周小夏 21 岁刚刚走红娱乐圈的时候，黎远光那会儿才刚出道，是鲜嫩的 15 岁。黎远光既不避嫌也不吝啬自己对周小夏的赞美，哪哪采访都说：“我最喜欢的演员是周小夏。”

周小夏得知此事也没什么反应，她还忙着进组拍戏。

周小夏 23 岁红炸全国的时候，黎远光 17 岁刚刚走红，采访期间依然对周小夏热情不减。

周小夏并没有当一回事，反正那个时候红，娱乐圈里十个人有八个都说喜欢周小夏，这一点不稀奇，但为了表示友好，周小夏还隔空谢过黎远光。

多一个迷弟不多，少一个可就少了，这年头谁会嫌粉丝多？

但紧接着黎远光就开始显现出不同来。

众所周知，越红工作就越好，越红工作就越多，周小夏在各个片场之间连轴转，拍戏状态很难保证。

周小夏的表演方式是体验派表演，就是沉浸在角色中让自己都相信自己就是剧中人。沉浸进去的她很难出戏，也是在这个时候，周小夏爱上了一部剧里完美的男主角，他们俩很快陷入热恋，并凭借那部剧一炮走红成为娱乐圈公认的金童玉女。

爆火之后密集且高强度的拍摄让周小夏很难完全沉浸在角色里，

往往刚刚进入状态还没一会儿，下部戏就开始了，好在表演底子尚在，导演制片又赶工期，在一次次称赞声中周小夏就这么一部部杀青了。

那年的电视频道，你看这个台是周小夏，换个台还是周小夏。你不想看电视了去电影院，大海报上还是周小夏。

一饱眼福的夏粉们幸福得直冒泡泡，纷纷表示粉周小夏有眼福。

有记者采访黎远光想借着周小夏的大名捞个新闻，谁知知名夏粉黎远光评价起自己的偶像毫不客气："这不叫眼福，产量高但质量不行，这些比不上她之前的任何一部作品。"

周小夏：……

后来周小夏沉浸在恋爱中整个人飘飘然，甚至为了安抚因不如她红而不安的男友开始减产。

不明所以还以为周小夏开始沉淀的夏粉们感到欣慰，纷纷表示粉周小夏很放心。

记者采访黎远光，知名夏粉黎远光评价偶像的新作品毫不欣赏："这也能放心？如果不看台词完全感受不到角色该有的悲伤，别的演员都在演悲剧，周小夏却在演恋爱喜剧。"

周小夏：……

再后来发现男朋友不太对劲的周小夏陷入自我怀疑，演戏起来状态起伏较大。

夏粉们纷纷给周小夏鼓劲，让周小夏不要慌，转型期暂时不稳定很正常，很快就好了。

记者连忙去采访黎远光，当时已经被打成夏黑的黎远光果然不负众望："这不是很快就好了，继续这样演戏，很快就要没戏演了。"

周小夏：……

如果黎远光只是个普通的小鲜肉也就罢了，那这些言论都不需要周小夏烦恼，偏偏人家黎远光不仅长得好还演技好，这个奖拿下了最年轻男主角，那个奖是最年轻影帝，奖杯拿到手软，演技人人称赞，家里人还都是演艺圈大佬，说出来的话分量都比一般人重三斤。这些话放在别人身上叫“不尊重人”“都是嫉妒”“你是黑子”，让黎远光说出来硬生生就变成“恨其不争”“怒气不为”“我都是为了你好”。

夏粉几次扑过去欲“屠”了黎远光的广场却都被黎粉反按在地上摩擦。

周小夏最红的时候都搞不定刚刚走红的黎远光，等周小夏真的如黎远光所说口碑崩如山倒没戏演了的时候当然更搞不定红炸天的黎远光了。

何止是搞不定，周小夏甚至怀疑自己这样的凡人，只要靠近黎远光，就会被他自带的光环刺伤眼睛。

03

“你改签约时间和黎远光有什么关系？”大周问。

“当然有关系！”周小夏盯着前方路况低沉着声音说，“既然公司已经决定了，那无论如何我要比他先签约，输人不输阵，我周小夏就算是落魄了，他黎远光也得乖乖叫我一声师姐！”

大周怀疑地看着周小夏：“就为这？”

“当然不止为这，”周小夏左看右看确定安全后才拉着大周小声说，“你想啊，如果我是他师姐，他必定不肯叫我师姐，那就刚好我

们躲着他，他也懒得见我，井水不犯河水。但如果我比他后签约，他是我师兄……”

娱乐圈通常是以出道时间论资排辈的，但如果大家是同公司则是以进公司的时间排辈分，也就是说哪怕周小夏出道已经 10 年了，哪怕周小夏比黎远光大 6 岁，只要签约时间在黎远光之后，黎远光就是周小夏的师兄了。

黎远光本来就看周小夏不爽，现在再变成师兄教训师妹天经地义，简直噩梦。

周小夏顺利签完合约之后长舒一口气，原以为签约挺难，这年头不平等条约周小夏见得太多了，没想到公司给的合约很有诚意，并没有过分压榨她。太过合理导致周小夏怀疑是不是自己身上的利益实在不多，公司想榨也榨不出来了。

不过不受压榨总是好事，周小夏站起来和大老板握手，表示自己一定兢兢业业为公司鞠躬尽瘁。

公司大老板一副很好说话的样子：“倒也不必，好好工作就行。”

这么好说话？红的时候娱乐圈人人都是好人，可自从跌落神坛以来周小夏已经好久没遇到这么好说话的人了，周小夏和大周对看了一眼，眼神默契提醒对方留神当心。大周礼数周全主动上前帮老板把门推开，老板也不客气地微点头后便准备出门，却在出门前咧开笑脸。

大周奇怪地顺着老板的眼神方向望去，只见黎远光站在门口，190cm 的身高让他的目光能轻松越过会议室的一众人等直接锁定周小夏。

周小夏感觉四周仿佛有冷风吹过，不自觉缩了缩脖子。

过了变声期的黎远光声音不再是周小夏印象中的少年音，现在沉

稳下来还带着磁性："来签约？"

大周奇怪地看着黎远光，黎远光紧盯着周小夏，周小夏看着老板，老板看着周小夏。

周小夏眼神示意：这是老板该问的问题吧？对吧老板？

老板眼神示意：还不回答，赶紧的。

周小夏一个激灵连忙回答："是。"

黎远光不意外地点点头，好像他才是这儿的老板来视察周小夏签约的一样。

老板本人也完全不介意的样子笑着对黎远光说："是是是，以后你们就是同门师姐弟了。"

"不，"黎远光毫不客气否定老板的话，"是师兄妹，我把合同时间提早了一小时。"

周小夏：啊？

"请多指教，师妹。"黎远光看着周小夏嘴角勾起一个笑容。

周小夏：……

等黎远光走了好久，周小夏还呆呆地站在原地，师兄两个字还哽在喉咙里叫不出口。

"这公司有鬼！这公司绝对有鬼！这公司不会就是他黎远光专门派来签我然后整我的吧？"周小夏蹲在自己的休息室狠狠地咬了一口玉米。

"说不定真是，"大周给周小夏看自己的手机屏幕，"我刚刚查到，HP 娱乐现在的实际控股人是……黎远光……"

周小夏面如死灰。

"……的爸爸。"

周小夏短暂地恢复了光彩又继续面如死灰："我要解约。"

大周冷静地陈述："违约金7位数。"

周小夏呼吸一顿，手里的玉米啪嗒一下掉在地上："我真傻，我当时看见公司和我签约我就该想到，这么好的合约怎么可能掉到我头上，天底下没有白吃的馅饼，如果有，一定是有更大的陷阱在后面……"

"说得好像我们还有别的选择一样。"大周无所谓地耸耸肩。

周小夏委屈地捡起掉在地上的玉米，不少玉米粒都脏了，虽然说洗洗还能吃，但大多数人一定会选择换一根新的，毕竟玉米又不贵。

对现在的娱乐圈来说，周小夏就是掉在地上的玉米。

他们确实没得选，现在已经很难接戏，没有公司以后只会越来越难走。

"所以现在就算公司想整你，想用你捧一波黎远光，你也得受着，"大周拍拍周小夏的肩膀，"没事，我和你一起受着。"

周小夏小声自言自语："我受不住怎么办？"

大周晃晃手指："7位数。"

周小夏一个激灵醒过来："我受得住我受得住！"

巨额罚款当头，周小夏下定决心只要功夫深假的也能说成真，只要脸皮厚什么攻击穿不透，当红轮流转，不就是给人捧角吗？放着我来就是了。

04

周小夏和黎远光先后签了HP娱乐的新闻一出，之前供着红包才

勉强来采访周小夏的记者疯了一样涌来 HP 娱乐都想搞个大新闻。

黎远光行程成谜，就算捉到了那也一定是里三层外三层的保安拦着，形单影只没有工作的周小夏在 HP 娱乐一抓一个准。

围绕黎远光的话题那么多，周小夏是其中最特别还带不太正面的，记者们兴奋得眼睛都绿了。

“和黎远光签约一个公司你之前知道吗？黎远光知道吗？”

“黎远光多次公开说你演得不好你有什么想回击的吗？”

“你之前发生的事情会影响到你签约的价格吗？听说黎远光的签约费高达 8 位数而你只有一个零头是真的吗？”

周小夏许久没见过这么多闪光灯的大阵仗了，一时都没反应过来，只能微笑着。

什么？！黎远光签约费 8 位数？那公司现在就是他爸的，他爱几位数写几位数！

回击？！你在开玩笑吗？你会在公开场合 DISS 新公司老板的儿子吗？我还想多活两年呢！

开玩笑，我肯定不知道，我哪能知道他知不知道！

见周小夏不回答，记者急得都快把话筒塞到她嘴里了。周小夏这么点身价自然没有保安，大周一个人拼命拦住记者，但一个人的力量太小。周小夏拍拍大周的肩膀，示意他保护好自己，脑内准备好了一堆关于黎远光的彩虹屁正准备开口，突然一排保镖走来，将周小夏和大周结结实实围起来，和记者们隔开了安全距离。

周小夏：嗯？

还没等周小夏想明白怎么回事，记者呼呼啦啦从她面前撤走朝某个方向短跑冲刺，她踮起脚想看看是哪位大明星出现替她解围。

“别看了，是黎远光。”大周摁住周小夏。

周小夏看着黎远光被摄像灯包围着，两边保镖开路，甚至还有专门的助理维持秩序。刚刚还毫无秩序的记者到了黎远光那儿，都乖得像课堂上等待老师解答问题的好学生。

“周小夏也签约 HP 这件事你知道吗？”

“知道。”

“会影响你签 HP 的决心吗？”

“不会。”

“你怎么评价周小夏的新作品？”

“不怎么样。”

“哦。”记者们发出一阵哄笑，露出一副你懂我也懂的表情。

周小夏被大周带着走开，她觉得自己的血都要冷了，她甚至在幻想现在把自己所有的存款都换成一块钱硬币砸死那群记者和一直以来看不惯她的黎远光。她到底哪里得罪他了要被这样羞辱？！

“冷静，就你那点存款全取了也没多少。”这么多年过去了，大周看一眼就知道周小夏在想什么，“我约了黎远光的经纪人吃饭，到时候我们问问怎么回事。如果得罪了人咱们多赔几个不是，总这样也不是个事。”

周小夏深呼吸了好几次才勉强稳住自己的情绪。

## 05

晚上，周小夏带着完美的妆容蹬着 8 厘米战斗高跟鞋言笑晏晏坐在桌旁，她的对面正是黎远光。

我是一个专业的女演员，我现在要演出一个“什么都是我的错真是对不起了”的女圣母，我不生气。周小夏不断对自己进行洗脑暗示。

不知道是不是周小夏的错觉，今天黎远光好像还特别打扮了一下，平时这人接受采访跑路演的时候总不修边幅，用粉丝的话说就叫全靠脸撑，今天却是西装笔挺整齐，衬着原本就英俊的脸显得更招人了。

肯定不是为了今天特地打扮的，这多半是从什么重要活动下来吧？周小夏这样想，然后又觉得奇怪，今天晚上明明请的是黎远光经纪人，黎远光来凑什么热闹？！

周小夏看了一眼大周，那边大周已经端着杯子和黎远光的经纪人称兄道弟好不热闹了。

周小夏：……

周小夏偷看了一眼坐在对面的黎远光，决定自己努力。她一咬牙端着杯子站起来：“师兄。”

黎远光本来也没在吃东西，看周小夏站起来他也站起来。

“年轻的时候不懂事，如果有哪里得罪了您在这里和您赔个不是，希望您能原谅。”周小夏望着黎远光的眼睛努力展现自己的演技。

黎远光奇怪地看着周小夏。

周小夏也不来虚的，一杯白的“唰”的一声就喝下，还倒杯示意自己已经喝完了：“让师兄不愉快我先自罚一杯，若之前有什么得罪的地方您尽管说，今晚……”

周小夏从桌子下面捞起五瓶二锅头咚咚咚摆开一排：“今晚咱们尽兴。”

黎远光皱着眉头看着周小夏，似乎周小夏给他找了什么大麻烦一样，周小夏原以为黎远光又要开口嘲讽自己，黎远光却出乎意料端起

杯子跟着周小夏一样一饮而尽。

周小夏一看黎远光喝完了，自然不能示弱又干了一杯。

黎远光看周小夏喝光了连忙也干了一杯。

然后两人不知道怎么就又干了一杯，然后一杯接着一杯……等大周和黎远光的经纪人小刘发现事情不好的时候，周小夏已经和黎远光勾肩搭背互诉衷肠了。

“你干吗针对我？我到底哪儿得罪你了？！今天不说清楚你甭想走出这个大门！”周小夏口齿不清还记得威胁人。

“我没有针对你。”黎远光口齿还挺清晰，但目光已经有些涣散找不着重心了。

“你别说没有，你要说没有我就把我的存款全取出来，换成一块钱硬币砸你！”周小夏恶狠狠地试图掏出银行卡。

“我入行是因为看了你的电影。当时听说你喜欢一个剧本，我特地去试了这个戏想和你搭戏，但后来你没演，”黎远光试图看着周小夏，但是他看了好一会儿发现现场有五个周小夏，实在不知道该看着哪一个，“你接了很多戏，但那些都不适合你。你在浪费自己，戏在消费你。”

周小夏深吸一口气，把信用卡放回口袋里，看来钱暂时不用取。

“谢谢你喜欢过我，但这也不是你恶评我的理由！”周小夏试图拍桌子，结果一掌拍空差点栽倒，黎远光上手扶她被她一巴掌打开，“那些作品是在养活我！我不是你！没东西拍我怎么活！我活不了！”

黎远光看着周小夏，头一次低了头：“抱歉，之前是太年轻没想到，后来知道之后……”

“算了！”周小夏手一挥不想听，“甭说什么以后，以后都是骗

人的，你但凡真有点愧疚心，咱们俩呢，从现在开始你走你的阳关道，我走我的独木桥，井水不犯河水，做得到吗？”

黎远光晃晃脑袋，五个周小夏又变成了三个，他看着最中心的一个说，“做不到。”

“你说什么！”

“我这里有个本子，如果你感兴趣我们可以……”

周小夏气愤地站着，黎远光迷糊地坐着，两人话说到一半，眼睛一闭，一同栽倒在桌上不省人事了。

06

好几个小时后，周小夏捂着隐隐作痛的头看着一脸不赞同的大周努力为自己申辩：“我及时把握好了黎远光爱酒这点，将合作一把喝下！二度翻红在望！”

大周将自己手机屏幕对着周小夏：“这是黎远光的经纪人小刘昨天给我发的信息，说没想到周小夏这么爱酒。能不能请周小夏下次少喝点，黎远光不胜酒力，为了配合周小夏的爱好，昨天回去差点没过去，酒醒了之后还立志要锻炼自己的酒量跟上你。”

周小夏：啊？

周小夏：“他不喜欢喝酒？那他喝那么多干什么？还和我诉衷肠！还说要给我新剧本！”

“他从头到尾说自己喜欢酒了吗？”大周恨铁不成钢，“他说得很清楚了，是喜欢你！”

周小夏：……

大周："黎远光也是嘴巴里就没两句话好听。我听小刘说，黎远光在圈里谁也不看就喜欢盯着你，你演得好比他自己演得好还高兴，你演得不好接了坏本子他比自己没戏演还生气。"

周小夏都不知道自己该露出什么表情了："……所以他是我事业粉？"

"是演技粉。"大周纠正周小夏。

"不是……"周小夏表情更复杂了，"我有这么个粉还不如没有呢，每天啥也不干就糟心说我不行催我糊。"

大周也头疼："虽然我也不想说，但是他确实不是只说你不行催你糊了。"

周小夏一脸你肯定收了人家钱来替他洗白的表情。

大周："我真没收钱！他每次批评你之后也说了你是形势所迫，期待你更好的作品。这话没有爆点媒体才不会专门去报道，小刘还专门给我整了不少采访完整链接，喏！"

大周随手"啪啪啪"猛转发，周小夏的手机振得停都停不下来。

周小夏拿着手机的手都在抖，随手点开两个完整视频链接一看还真是。

"确……确实不少。"

有的视频一看就很早，黎远光还很鲜嫩，画质也糊。他老老实实站在那等着记者后续提问，结果记者得到黎远光的否定之后，再也没问过关于周小夏的话题了，黎远光对着话筒补了几句，记者也不感兴趣忽悠忽悠就过了。

有的视频黎远光则看起来成熟很多，但话并没有因此变多，只是学会了在客观评价周小夏之后主动补充，然后正片采访出来的时候被

“好心”记者给删了。

周小夏看得一脸问号，合着自己被嘲了这么多年还是场误会？

“当然了，你有生气的权利，只是……”大周突然说，“你知道为什么 HP 突然签你吗？”

“看中我便宜又有潜力？”周小夏犹豫地回答，直觉大周这个答案自己不会喜欢。

“是黎远光想签你，挂了他爸的名收购了 HP 娱乐然后让 HP 娱乐签的你。”大周说。

周小夏的表情复杂起来，她习惯被黎远光针锋相对了这么多年，现在黎远光的黑粉人设一夜之间崩塌了个彻底，周小夏突然一下要接受黎远光喜欢自己的事实，还要接受黎远光不止精神上喜欢自己，还为自己一掷千金的事实，她实在有点消化不良。

大周拿出两份东西，一份解约协议和一份剧本。

“这协议是黎远光的意思，如果你不想见他，可以签了就走，没有解约金，给你的签约金也不收回。另一份是剧本，如果你不介意和黎远光共事，还喜欢演戏，你可以继续。”

周小夏翻开剧本，熟悉的字映入眼帘，这本子居然是她 25 岁那年曾经拒绝过的剧本。

那年，周小夏发现男朋友在外赌博欠债，她本想分手，但在男朋友的哀求下几次心软，还将自己的积蓄都给了他帮忙抵债。但有限的积蓄哪里抵得过无限的欠款？周小夏最终也没能从赌博的深渊拉回男朋友。

哭干了眼泪的周小夏在大周的帮助下振作起来，下定决心和男朋

友分手，并且还憋着一口气相中了一个好剧本准备逆转局面。

已经是前男友的那人却拿着偷拍周小夏的照片对周小夏进行勒索。

大周试图和他谈判，还掏了自己的荷包安抚他，但已经欠了一屁股高利贷还不了的前男友此时早已没了良心，拿了钱之后反手就将周小夏的照片卖给了高利贷换取赌资。

接下来的一年，是周小夏的噩梦。

一开始高利贷给的数字听起来还不是那么过分，周小夏推掉自己手里的好剧本，演了几个来钱快的本子就能结清一些拿回来部分照片，后来高利贷要价越来越高，一路飙升到了天价。周小夏忍无可忍决定报警，收到风声的高利贷立刻将周小夏被偷拍的照片散得全网都是。

不用看任何报道，周小夏都知道自己完了。

有句话说得好，人生啊，就是沉沉浮浮沉沉……

周小夏被埋在海水里压抑了这么多年，现在黎远光对她伸出一只手，周小夏不知道出去后等待她的是什么，但她已经在深渊里太久了，哪怕希望只是一点光，她也迫不及待地想往那边游去。

何况那道光好像也不是那么惹人讨厌。

周小夏凭空想象着黎远光的模样，发现解除误会后自己不但没有讨厌他了，甚至还有些期待和黎远光合作，被黎远光认同。

07

这剧本是好几个短篇穿插组成一部电影的形式，当年被周小夏拒接后因为没筹到钱所以整个项目暂缓了，一暂缓就暂缓到现在。

周小夏的这条故事线不复杂，正教邪教互相对立，决战前碰巧正教俘虏了邪教一员大将。

“魔教妖法妖言惑众，玉清你性情坚定负责给他送餐，其他人无故不得靠近！”师傅对周小夏饰演的沈玉清说，“他说什么你都不要听，除非他肯招。”

“是。”

沈玉清端着盘子来到地牢，不同于清玄宗处处干净明亮，地牢里阴暗潮湿密不透风，压得沈玉清透不过气来，但多年习得的心法让沈玉清面不改色沉静地走进地牢。

“哟，来人了。”被固定在刑架上的是黎远光饰演的邪教扛把子黎暮，他半边脸戴着残破的面具，另外半张脸全是血污，“……师妹？”

沈玉清按照师傅的要求面无表情放下餐盘，仿佛没听见任何动静。

“你肯说？”

“若是别人问我我当然是不肯的，若是你问……你且近些，”黎暮微微抬起下巴示意沈玉清走近，等了一会儿沈玉清却完全不为所动，黎暮笑道，“是了，这脾气是师妹你了。”

沈玉清看黎暮并没有要招的意思，转身便走了。

“卡！远光状态不错！”导演坐在位置上对两人说，“小夏，面无表情不是木着脸，这点不需要我教你吧？你应该很懂怎么演戏。”

周小夏连连鞠躬说不好意思。

“按照剧情，此时你应该已经认出他了。”导演说。

没错，按照剧本设定来说，这两人其实早就认识。

沈玉清和黎暮曾是同门师兄妹，青梅竹马相伴长大，却没曾想一

夜之间师门被血洗只剩他们两人。二人立志要为师门报仇，路上两人身无分文，在颠沛流离中失散，走上了不同的路。

沈玉清拜入清玄宗，练的是清心剑诀。

黎暮则加入炼血教，练的是嗜血剑法。

两人在偷偷为师门报仇的晚上相逢，大仇得报后只是遥遥相望举剑致意。没曾想等再见面，一方依然是名门正派冰雪青莲，另一方却已然落入牢中成为阶下囚徒。

“你看着他不能有太多表情，但得让观众感觉到你并不是真的无动于衷。”导演说，“这条可以给你勉强过，到后面的戏你们俩交流越来越多你的内心就越动摇，但表面又要不显山不露水，该怎么办你要多琢磨琢磨。”

周小夏自知理亏，老老实实缩在旁边，一边反省自己一边观察黎远光的表演。

黎远光被绑在柱子上，整个人明明身陷囹圄，却一直身姿放松表情轻松，好像他并不是被俘虏了而是到了什么好玩的地方一日游，低头抬头间不经意的表情转换让人觉得此时出现在监视器里的人就是黎暮，而不是黎远光。

周小夏暗暗咬牙，心沉了下去。

这种代入角色的入戏状态她自然是知道的，准确地说何止是知道，她熟悉得不得了，曾经的周小夏初出茅庐便引来诸多夸赞，正是靠着她强大的共情能力和入戏能力，一旦投入拍戏她便不是周小夏，只是戏中人。

这种方法自然是有它的好处，入戏快，演得好。

但这种方法也有它的坏处，出戏难，隐患多。

周小夏和她前男友的交往就缘于一场爱情戏，后面即使前男友再不对劲周小夏也始终认为他会和戏里一样重新振作起来，重新好好爱她。直到被一次次伤了真心，周小夏才惊觉戏是戏，人生是人生，她早该把戏中人和戏外人分开。

一朝被蛇咬，十年怕井绳，周小夏后来演戏都小心翼翼，好在她经验足，给她的也都不是很重要的戏份，除了黎远光一直对此颇为不满也没什么别的意外。

但现在这场戏，周小夏明显不能再按照往常的做法演过去，黎远光演得那样出色，如果她继续按照经验做法去演一定接不下黎远光的对手戏。作为一个过气并且并不是多独特的演员，周小夏知道出演这个角色是怎样一个难得的机会，这场戏她必须拿下，而且要用满分的状态拿下。

“别怕，”黎远光不知道什么时候来到周小夏身边，他妆还没卸，说话还带着戏里黎暮的三分轻佻，“有我在。”

“你有办法？”周小夏看着黎远光。

黎远光看着周小夏：“师妹。”

这一声带着黎暮的轻佻和黏腻，仿佛对周小夏一点真心都没有却又仿佛对周小夏藏着炙热的真爱。

周小夏毫无防备被黎远光拖进戏中，她看着黎远光，却分不清是自己看着黎远光还是沈玉清看着黎暮，胸口闷闷的，压得她眼睛都有些许酸涩，但骄傲和对清玄宗的忠诚让沈玉清对黎暮板着脸硬着心肠，不肯流露一丝情绪。

“师妹。”

这一声让黎暮变回了戏外的黎远光。

周小夏突然从戏里被强行抽离出来整个人还有点愣神。

“叫声师兄来听。”

周小夏心头的无名火复燃，她迅速从戏里抽出立刻变成受气包周小夏，甚至现在立刻就想去银行取钱出来砸倒黎远光。

“你看，有效。”黎远光对周小夏绽开一个弧度很小的微笑，“有我在，我一定会把你拉出来。”

周小夏嘴里掩饰性地哼了一声，心脏却因为黎远光的一句话怦然跳动起来。周小夏按住自己不合时宜的悸动，忍着自己对入戏状态的恐慌和胆怯闭上眼睛，想象着自己就是沈玉清，沈玉清就是自己。

对象是黎远光饰演的黎暮，而她则是那个明明喜欢却要拼命压抑自己的沈玉清。

沈玉清每天都来给黎暮送饭，每次只开口问黎暮愿不愿意招供，问题都一模一样仿佛复制粘贴一字不差。黎暮每次的回答则都不一样，一会儿这样一会儿那样逗着沈玉清。

“师妹，”黎暮的声音越来越虚弱，但调戏沈玉清的兴致半点不减，“我想吃糖了，就我们小时候吃的那种梨膏糖。”

沈玉清不理他，黎暮也不失望，他嘴里哼着荒腔走板的调子，好像嘴里已经吃到了记忆中的糖。

第二天，沈玉清送来的饭里埋着两颗梨膏糖。

从那天起，黎暮每天都提一点无关紧要的要求，沈玉清不动声色好像没在听，但黎暮都能在饭里尝到那些滋味。

大战在即，黎暮还是没有任何动静，无论什么刑罚套不出一点情报，只有沈玉清出现的时候黎暮才突然变成话痨，虽然说的都是些有的没的。

“你肯说？”

大战在即，沈玉清最后一次来到牢内。

“师妹，我都说了好多次了，若是别人问我我当然是不肯的，若是你问就不一样，”黎暮声音沙哑，似乎连抬头的力气也无，“你且靠近些……”

沈玉清这次没有扭头就走，她慢慢走近黎暮，两人的距离近了些，又近了些。

“别怕，我又能做什么呢？你的掌门已经下过失功散了，不然你们这样的牢房能关得住我吗？

“你们想知道什么？布局？目的？还是人员情况？这些又有何好瞒？我都可以告诉你。

“你再近些。”黎暮说。

沈玉清又靠近了些，近到两人都能微微感受到对方的体温。

“师妹……”黎暮的声音低沉而勾人，“你亲我一下，我就把一切都告诉你。”

沈玉清眼睛睁大了些，像是一汪被拨乱的泉水。

亲他一下。

沈玉清微微颤动起来，黎暮像是故事里用言语勾引人的妖魔，随便两句话就能引动她埋在心底的感情。

不，沈玉清内心否认道，黎暮他什么也不用做就已经夺走了沈玉清的心了，早在他们青梅竹马的时候，沈玉清就喜欢黎暮，黎暮对此一直心知肚明。

沈玉清看着黎暮。

她知道黎暮要的零零碎碎不起眼又无害的小玩意们不是真的无

害，它们是解药的绝大部分，而这最后的药引子，便是沈玉清身上因为长久炼药自带的药息。只消一个吻，只用一个吻，黎暮便能获得自由。

沈玉清知道黎暮的目的不单纯，但她又忍不住幻想，万一黎暮没有利用她逃跑的意思呢？万一黎暮真的只是想吃这些东西呢？抱着近乎天真的幻想，沈玉清按照黎暮的要求将黎暮要的东西秘密收集起来，悄悄埋在食物里，直到最后一样药材也被要走，沈玉清才不得不逼着自己清醒过来。

“不。”

沈玉清吐出拒绝的字，话音落在地上仿佛千斤重。

我爱你，但这不是你为所欲为的理由。

## 08

“卡。”导演的声音传来，“过！”

直到工作人员送上花束，周小夏都还没从戏中走出来，她看着身边同样抱着花束的黎远光，黎远光的脸一会儿和黎暮重合，一会儿又和周小夏的前男友重合，变换来去让她分不清自己对黎远光的心动到底是来自戏里还是戏外。

“师妹。”

黎远光开口又是那个欠揍的语气，瞬间将周小夏从戏里抽出来条件反射地想取钱。

黎远光这次叫完师妹却没继续开玩笑下去，他看着周小夏，装着记者的腔调，手里空握着一个空气话筒采访自己：“你对周小夏怎么看？”

然后又拿着空气话筒变成黎远光平时对着镜头的扑克脸：“演得好，师兄自愧不如。”

最后变回黎远光本身的模样：“这次过后我会对所有人这样说。”

“你……”周小夏愣愣的。

黎远光反复观察着周小夏的状态，确定周小夏真的从戏里出来了。

“师妹……”黎远光靠近周小夏，这次黎远光没有表演，只是用黎远光自己的方式对周小夏说，“你亲我一下。”

周围人员嘈杂，好奇的目光不断朝着黎远光和周小夏这边飘，周小夏只觉得脑袋轰的一声一片空白。

虽然说着戏里的台词，但周小夏现在很清楚黎远光不是黎暮，周小夏也不是沈玉清，黎远光没有利用周小夏做任何事，周小夏也不是一开始就对黎远光抱着暧昧的态度，她甚至一开始有些讨厌黎远光高高在上的模样。

她这次分清了戏里戏外的感情，她想或许这次心动不是那么糟糕的事情。

周小夏没有像戏里一样压抑自己感情，她用手在自己的嘴唇上按了一下，然后抬起手慢慢地贴着黎远光的脸按了一下。

END

01

裴南虞又分手了。

黎姜九收到这条信息的时候一点也不惊讶，因为裴南虞的恋爱周期向来比她大姨妈周期还要短。

当黎姜九赶到这家名为“The one”咖啡馆的时候，刚结束恋情没满一个小时的女主角正坐在角落里，顶着那头新染没两周的栗红色头发专心细致地补着妆。

黎姜九径直走去坐下，对面的女人正描着唇，眼皮抬也没抬：“老样子？一杯‘处处吻’？”

“随便。”

这是家很有情调的咖啡馆，位置虽不起眼，但里面的每一处陈设都值得细品：复古花砖拼成的地面、深绿色的磨砂墙纸、木质复古高脚凳、透明大鱼缸……

但裴南虞最喜欢的是那一整面玻璃花窗，天气晴朗的时候，地上都是五彩斑斓跳跃着的斑驳光影，配上店里播放的粤语歌，仿佛真的

置身于 80 年代的香港电影片段。

以经典粤语歌来命名咖啡是这家店的第二处特色，比如这杯口感绵密的“处处吻”，裴南虞不喜欢这甜到发腻的口感，她更偏爱那款“一生所爱”，很醇厚，也苦得很。

“晚上想好去哪儿了吗？最近新世界那儿好像开了个酒吧，去不去？”裴南虞对着镜子最后轻抿了下唇，终于抬眼看着黎姜九，一双猫眼笑得眼波流转。

裴南虞是美人，是那种不怎么安分的美。眉眼生俏，唇红齿白，最细的眼线配最冷艳的口红，一笑起来眉眼勾人，像歌词里唱的那般“万种风情实非良人”。

而且裴南虞只穿裙子，一周都不重样儿，怎么漂亮怎么穿。比如今天的裴南虞，一套黑色收腰吊带裙衬得她直肩细腰一览无遗，外加一双细高跟，红发张扬，裙摆翩跹，女人踩在地上的每一下，似乎都能戳进人心窝里。

“喂。”黎姜九瞥了眼正兴致勃勃查位置的某人，“好歹才分手，你就不能装得难过一点？哪怕就半天？”

裴南虞漫不经心道：“分手有什么难过的？又不是失恋。”

的确，裴南虞分手了这么多次，只失恋过一次。

裴南虞让人印象深刻的地方不止于她那张出挑的脸，还有她现在读的学校——国内首屈一指的政法大学。

尽管连裴南虞都认为自己从里到外都与这类沉稳严谨的学校格格不入，但不得不承认，裴南虞正是其法学院的一名研二生。

漂亮的脸蛋和聪明的脑子对于裴南虞来说从来都不是鱼和熊掌，很多人都知道法学院有一个漂亮张扬又聪明的裴南虞。

可是除了黎姜九外没有一个人知道，裴南虞之所以会成为现在这样，全都拜她那位瞎了眼的小竹马所赐。

渣男能击垮一个少女，也能成就一个女王。

裴南虞那个眉清目秀的俊俏小竹马就是这样一个渣男。

小竹马放弃了漂亮的裴南虞，移情别恋上了一个聪明温婉的女学霸。

分手那晚，黎姜九还看着裴南虞一边翻看着她和小竹马从前的纸条信件，一边硬生生哭湿了自己的两个大抱枕。

但到了第二天清早，黎姜九就在垃圾桶里看见了那些碎纸片，同时身后传来的声音差点没把她吓得半死。

“这只会是我唯一一次失恋，我发誓！”彼时的裴南虞眼睛依旧肿得像山核桃，但里面好像多了些东西，又好像什么东西消失了。

裴南虞果然说到做到，她成绩爬得越来越高的同时每次恋爱的男生也都一个比一个俊朗。

明明顶着张拈花惹草的脸，却谈着专一深情的恋爱。

裴南虞漂亮但不浪荡，张扬却不轻浮，谈恋爱的时候认真，分手的时候也礼貌。谈恋爱时和男友吃饭送礼你来我往，约会安排一个不落，但拥抱甚至接吻却是想也别想。到头来那些男孩虽然生气，但也挑不出她的一点错。

因为裴南虞既没有劈腿，也不玩弄感情，之所以会分手就好像只是因为恋爱的时间到了，便该结束了。

恋爱、分手在裴南虞眼里好像就是理所应当的一种因果关系，只是时间长短而已。

02

“不知我们裴小姐下一个打算谈个什么样儿的？”黎姜九揶揄道。

裴南虞眯着眼：“或许……大概就是那样的。”

黎姜九顺着看去，是个男人，坐在她们常坐的位置上。

黎姜九这个角度只看得到他半张侧脸，沉稳寡言的面相，高鼻薄唇，架了副考究的乌金边眼镜，正靠着那个柔软复古的沙发座专心看着一本书。

黎姜九的目光落在男人身上那件做工优良又熨帖笔挺的西装上，总觉得这有些老式的打扮怎么和自家那走老干部风格的爷爷那么像？

“你确定他这年龄，看上去还单身？”

裴南虞也注意到了，男人身上的所有行头加起来让她去欧洲旅游一圈都绰绰有余了。

“放心，破坏人家家庭的事情我可不会干。”裴南虞扶了扶墨镜，“况且他单不单身，得加了微信才知道不是？”

裴南虞招手叫来了店里新来的咖啡小妹：“一杯‘夏日倾情’，给那位男士送去。”

裴南虞看着男人侧耳听完咖啡小妹的话后蹙了蹙眉头往自己这边瞟了眼，还没等裴南虞露出招牌式的勾唇浅笑，男人就已经收回了目光继续低头看书去了，薄抿的唇角笑也没笑下。

仿佛就当裴南虞是个空气。

黎姜九一个没忍住扑哧笑出声：“这算是我们裴大小姐撩汉子的首场败绩吗？”

“急什么？”裴南虞紧紧盯着那男人，“这世上多的是假矜持的男人。”

于是，裴南虞眼睛一眨也不眨地等着，等到男人将那本书都看完了，那杯放在桌角的“夏日倾情”动也没动下。

见男人起身走向前台，裴南虞再也坐不住了，捋了捋长发也跟上去结账。

“您消费一共是56元。”

男人低头摸出手机付钱：“还有那杯‘夏日倾情’。”

“那杯算我的。”裴南虞不早不晚地插进话。

男人没看裴南虞，抬头看了眼价目表：“88元是吗？我微信付。”

裴南虞还是头一次被一个男人忽视两次，当下心里莫名窜上一股火，抬手一把挡下了男人扫码的手机。

“喂，这么抢着要付账的话，不如直接转给我吧？”裴南虞盯着男人，舔了舔唇，“喏，这是我微信。”

于是三分钟后，裴南虞手上多了几张工工整整的纸币和三个一块钱的钢镚儿。

黎姜九笑得腰都要直不起来了：“我现在都分不清到底是这几张纸币罕见，还是这位抵得住我们裴大小姐美貌的男人罕见了！”

“他下回肯定还来，等着瞧！就没我裴南虞要不来的微信！”

可还没两秒，裴南虞的手机就振动了起来，是张导。

“张导？您找我？”还在气头上的裴南虞瞬间换了副面容，老实乖巧得像一只捋顺了毛的猫咪。

裴南虞知道是什么事，正值毕业实习，而整个院就她的实习还没定下来。

张导给裴南虞的微信推了个名片：“这是我以前的学生，现在在

中伦律师事务所，他们那儿正好在招实习生，你好好准备下，下周一去面试，如果通过了面试，你实习要是有什么问题都可以请教他。

“另外好好收拾下自己，我知道你的实力和你的外形不相上下，别让人家最后记起你的时候，只是记得那个实习生长得很漂亮。”

中伦律所属于桐城这边顶尖的律师事务所，加上张导撂下了狠话，第二天裴南虞就乖乖去理发店把那头还没炫耀够俩礼拜的栗红色头发重新染回了黑色，照了照镜子又有些不甘心，裴南虞又让 Tony 老师替她烫了个低调中最张扬的波浪卷才罢休。

至于那位师兄的微信，裴南虞发送申请的第三天才通过。裴南虞先打了个招呼过去，可对方除了回了句干巴巴的“你好”便又没回信儿了。

裴南虞翻了翻他的朋友圈发现她的这位师兄无趣得很，寥寥几条动态全是书籍、书法，不知道的还以为她加了什么退休老干部呢。

哼，什么人嘛。裴南虞很快就把这个人丢到脑后了。

面试那天，裴南虞化了个自认为最清淡的妆容，珠光亮片眼影擦掉了，冷艳正红色口红也换成温柔豆沙，气质白衬衫配贴身格纹半身裙，长卷发扎成了低马尾，就连细高跟也换成了平跟的鞋。

这下总该万无一失了吧。

中伦律师事务所在桐城寸土寸金的商务圈那栋最高大楼的十六层。

正是周一上班高峰时段，电梯里全是白领精英，裴南虞被挤在最后面，四周都是人头，电梯停停走走，短短的几分钟变得格外漫长难熬。

裴南虞身旁站着一位西装革履的男人，看着斯文白净却喷了身招

摇又浓烈的香水，裴南虞屏住呼吸差点儿一口气没缓上来。

好不容易熬到那个奇香无比的男士出去了，又进来个穿西服的，还没等裴南虞反应过来，视线里的藏蓝色西装外套就这样猝不及防地擦过她的鼻尖，还没从上一个西装香香男阴影里走出来的裴南虞下意识想屏气，可一丝清冽冷淡的气息却更快一步地窜入她的鼻尖。

是清冷极淡的松木香。

裴南虞耸耸鼻抬起头，是他！

那个乌金边眼镜！

叮咚！十六层到了，裴南虞眼睁睁看着身材高大的男人三两步就出了电梯，而自己落在最后头差点没被挤下去。等她终于拨开人群走出来的时候，外面哪里还有那个男人的身影。

“嘿！裴院花？这么巧？”迎面跑来一个穿着衬衫的男生，是她同系不同班的校友江原，法学院的辩论队男神，两分钟不让他说话就浑身难受。

“你怎么在这儿？”

“别提了。”江原耸肩，“之前去法院实习差点没把我闷死，我还是更喜欢诉讼方面，所以就来碰碰运气了。”

“你准备得怎么样？”江原有些紧张地搓手，“说实话辩论打了那么多场，一到面试我大概就会紧张到磕巴。”

裴南虞被逗笑了：“教你个办法，你就当那四个面试律师是大白菜，保证你不结巴。”

可终于轮到裴南虞单独面试的时候，她嘴角的笑容在看清那一排面试官的时候一下子就僵住了。

气氛就快要凝固了，面前一排桌子前最左边的那“棵”戴着乌金

边眼镜的“白菜”望着裴南虞，慢条斯理开了口。

“同学别紧张，你就当我们四个是大白菜，先从自我介绍开始，你叫什么名字？”

裴南虞只得硬生生挤出一个笑来：“老师们好，我……我是今天来面……面试的实习生。

“我叫裴南虞。”

03

“怎么样裴院花？你觉得有希望吗？”裴南虞一出来，早等在一旁的江原就立刻跟上来。

“今天来面试的人都好强哦，感觉都是冲今天的面试官来的，毕竟中伦律师的合伙人中最厉害的四个就是他们了，哎！无论能进哪个团队我都满足了。不过我最希望能进韩律的团队，他可是我之前就崇拜了好久的男人！”

裴南虞恍过神没听清：“哪个韩律？”

“韩穆啊，就是今天坐在最左边的那个！我的天！你不会事先都没做功课吧？”

江原掰着手指：“中伦的四个金牌律师，看着慈祥但有温柔一刀称号的许律，眼神比提问更犀利敏锐的程律，冷静沉默不苟言笑的宋律，温和清俊斯文沉稳的韩律。”

最左边的？那个乌金边眼镜？

裴南虞欲哭无泪，要是知道那天的男人会是今天来面试自己的面试官，借她十个胆子她也万万不会在那天没事儿瞎了眼去撩韩穆。

不过裴南虞还是有一丝丝庆幸的，那天幸好她戴着墨镜，而且那头醒目的红发已经被自己机智地染回了黑色。

裴南虞回想起韩穆那天都没正眼瞧过自己，估计今天八成是没认出来。

吁，得亏那天最后没加成微信。

是的，裴南虞就是看着张扬自信，骨子里其实是个遇事退缩的小笨蛋。

当天晚上面试结果就出来了，976 个面试者只进了 8 个人。

裴南虞接到江原电话的时候，已经对着邮箱里的邮件反复看了第十二遍。

“嘿！裴院花，我真进了我男神的团队！你呢？进了没？”电话那头的江原声音里是抑制不住的兴奋。

“那恭喜了。”裴南虞又看了眼邮件里的那个名字，生无可恋道，“我想我们以后就成为同事了。”

正式实习的第一天，裴南虞换了身更加温顺乖巧的衣服，眼线也乖乖擦掉了，甚至还戴了副文气的无框眼镜。

以前一个眼神都带着撩人风情的小狐狸成功转变成单纯清秀的小猫咪，裴南虞再次照了照镜子，确定看不出一丁点儿那天的影子，这才心安地出了门。

拎着咖啡的裴南虞才进大楼，正好看见电梯口的江原远远冲自己招手。

“快进来！”

“谢谢。”裴南虞万般感谢在电梯合上门的前一秒赶上了，可后

一秒她就后悔了。

因为江原旁边还站着一个男人，裴南虞一抬眼就能看见那副乌金边眼镜边缘泛着的细光。

“韩律早。”裴南虞故作镇定地扶了扶眼镜。

韩穆的目光只是极快地在他俩身上顿了下便收了回去，点了个头算是应了。

“喂，你今天怎么还戴起眼镜了？刚刚差点没认出你来。” 江原依旧是闲不住嘴，压着嗓子找话题聊，“现在不走风情女神改走干练律政佳人风格了？”

裴南虞立刻瞥了眼韩穆，莫名紧张起来：“什么女神？我一直就是这样打扮的好不好。”

“瞎说，我明明记得你上周还是红头发来着……嗷！”

电梯人头拥挤，闲不住嘴的江原在被裴南虞的小高跟“不小心”误伤后止住了口。

到了十六层，韩穆直接带他们两人去了办公室，交代完以后的一些工作事项后便让他们先出去了。

“韩律，我能不能加你的微信啊？”江原离开前壮着胆子上前一步。

见韩穆点了头，江原激动地颤抖着双手加了自己男神的微信，紧接着还不忘推了把裴南虞：“韩律还有她的，说起来我们俩都是你的直系师弟师妹呢。”

裴南虞被稀里糊涂地推上前，直系？师妹？什么意思？

“她的微信就不用了。”韩穆慢条斯理道。

“为啥？”江原一脸茫然。

韩穆的目光在裴南虞脸上停留了几秒，而后移开落在她手上拎着的“The one”咖啡袋上。

裴南虞右眼皮突然狂跳起来，她脑海里冒出了个极其惊悚的猜测。

“因为我们已经是微信好友了。”韩穆似笑非笑地看着裴南虞，“还是张导让加的，是吧？小师妹？”

轰！裴南虞运转艰难的脑子终于轰的一声死机了。

原来张导让自己加微信的师兄就是韩穆？

自己那天在咖啡馆戴着墨镜顶着红发的自拍照发在朋友圈好像没有删？！

所以，韩穆刚刚看了眼我手上的咖啡袋！

所以，她费这么大劲儿的伪装其实在一开始就已经暴露了？

“所以说那天那个男人不仅是你的面试官，而且还是你的直系师兄，最重要的是现在他还是你的带教律师？”黎姜九终于理顺了关系。

“没错！”裴南虞更加郁闷地抿了一大口酒，“你都不知道我这一周过得有多么惨。

“穿着最素的衣服，涂着最淡的口红，要按时上下班打卡，没完没了地整理资料写报告，而且我已经半个月没和男孩子约会了！”

黎姜九笑了：“所以我这不是陪你出来了吗，喏，朝后看，六点钟方向的小帅哥如何？”

夜晚的酒吧里人头攒动，可还没等裴南虞细细品一品那个帅哥的颜，手机便不识趣地振动了下。

我后天要出差，要你交的资料需提前交上来，最晚明天上午八点之前给我。

是韩穆，而且头一次没有用邮件，用的是私人微信。

裴南虞保持着微笑，飞快打下一行字。

好的韩律，我现在就赶。

“怎么了？不会要你现在回去加班吧？”

“休想！”裴南虞发完后一甩手机，“我宁愿明天早起做也不浪费夜晚欣赏帅哥的时间。”

裴南虞捋了捋长发：“来！让我看看你刚刚说的是哪位？”

而此时十几米外的一个角落里，戴着乌金边眼镜的男人看了一眼手机里的信息，又目光沉沉地盯着不远处笑得万般风情的裴南虞。

“难得跟我们出来聚聚怎么一直心不在焉的？”旁边的好友推了杯酒过去，“那些难搞定的客户就先放一旁，今天可是带你来放松的。”

“难搞倒是真的。”韩穆盯着前方微微眯起眼，“但是可不能将她先放一旁。

“因为留着容易祸害他人。”

## 04

韩穆出差的这几天裴南虞天天都准时踩着点儿下班，一秒钟都不带耽误的。

今天也不例外，裴南虞早和黎姜九约好了今晚的去处。

“我要撤了，你还不走吗？”裴南虞瞟了眼还在那儿忙的江原。

“韩律要我做的东西还没搞完，你路上注意安全不用管我。”江原从电脑后冒出半个头，不忘八卦，“还有祝我们裴院花今晚也约会

顺利噢，加油！”

“借你吉……”裴南虞边回头笑边朝外走去，没看见门口有个身影走进来。

最后个“言”字还没说出口，裴南虞便猝不及防地和那人撞了个满怀。

来人身材高大，细胳膊细腿的裴南虞一下子被撞得连连后退，眼看就要磕到背后的桌角，手腕被人一拽，紧接着裴南虞撞入一个柔软的怀抱。

慌乱中，裴南虞蹭到了对方的衣领，是极淡的松木香，清冽冷淡。

是韩穆。

“韩律？”江原听到声响从电脑后伸出脑袋，“你出差结束了？”

韩穆瞥了眼怀里的人，不动声色地松开手。

“嗯，回来了。”

而站稳后的裴南虞脑海里只剩下两个字：快撤！

“韩律，你要的报告我已经发你邮箱了。如果没什么事的话，我就先撤了。”

“等下。”裴南虞正要开溜就听见韩穆叫住自己，“我还没查看你完成得如何。”

韩穆整理了下衣服，扫了眼裴南虞后转身朝里走去。

“你跟我来。”

其实韩穆刚刚在回来的路上已经看过了裴南虞提交的报告，完全符合他的要求，完整详细，清晰有逻辑。

裴南虞虽然有些贪玩、爱漂亮，但在工作上的能力却是不输他人的，甚至比韩穆想象中更优秀点。

韩穆本来只是上来拿份文件，在见到裴南虞的一瞬间却突然改了主意。

大概是裴南虞今天这身打扮有点扎他的眼了。

又或者是更早几秒钟时，大嗓门儿江原的最后那句话有些吵到他了。

韩穆瞥了眼对面正低头看表的女生，招了招手，不紧不慢地开始他最拿手的“挑骨头”表演。

“所有提交过来的文件应该是 PDF 格式的……

“虽然是回复邮件，但也必须标明主题……”

不知不觉，韩穆竟然精神抖擞地挑了一个多小时的骨头。

裴南虞也感觉得出这些都是无关痛痒的问题，纵使憋了一股气也只能忍着。

“好了就这么多。”韩穆终于讲完了，“今天晚上十二点之前，我要看到你修改好的报告。”

裴南虞难以置信地看了眼表：“韩律，现在已经快九点了。”

韩穆好整以暇道：“嗯，所以你还有三个小时的时间，足够了。”

“我们这个行业从来没有所谓的朝九晚五，这个道理你应该知道吧？”韩穆转着钢笔，抬眼看着裴南虞，“还有，虽然我不该过多干涉你们的私生活，但我认为工作当前，像没事去请陌生男人喝咖啡加微信这类事就可以先放一放。”

一瞬间，四目相对，裴南虞一下子就听出了韩穆话里的弦外之意。

眼看着窗户纸挑破，裴南虞干脆卸下了虚假的乖巧。

“所以说，你当初从八个人里选的，不是温顺乖巧的实习生裴南虞，而是那天撩你却被拒绝的裴南虞？”

裴南虞迎上男人的目光，声音像猫叫一样挠人心扉。

“韩律，您很会挑人嘛。”

韩穆依旧是那副淡淡的神情，直坦坦的目光也不回避，也没有一丝波动。

良久，韩穆才似笑非笑地开了口：“你怎么就知道是我挑的你?

“那天晚上我有事不在，八个人里就剩你们俩没人选了，所以，”韩穆双手抱胸往后一靠，“你说我除了将就下你们俩，还有什么办法？”

裴南虞从韩穆办公室出来的时候脸色臭得堪比榴梿，一旁什么都不懂的江原立刻围了上来。

“好了别沮丧了，你又不是不知道韩律的团队从来都只有男的，他今年收了个女实习生已经是件罕见事儿了，更别说是长成你这样的女实习生了。”

裴南虞更觉得心里窜出一股莫名其妙的火：“我长什么样了？我是缺鼻子还是少眼碍着他了？”

“嘘，你小声点儿。”江原连忙压着声音，“你真不知道这个八卦啊？”

裴南虞吸了吸鼻子，闷闷道：“又是什么八卦？”

“韩律之所以成为韩律的成长史啊。”江原来了兴头，“韩律大我们九届，才毕业的时候只是个什么也没有的穷律师。据说那时他有个非常相爱的女朋友，但女方家长说什么也不同意他们在一起，并很快为那个女生介绍了位家境殷实的对象。那个女生先开始是死活也不愿意听家里的安排，但还是抵不过残酷的现实啊，最后还是离开了一无所有的韩律。”

“所以，这和我莫名其妙被挑刺儿有什么联系？”

江原嘿嘿一笑：“因为那个女人很漂亮，所以韩律从此最抵触的就是漂亮的女人。”

漂亮还是错了?

凭什么因为对漂亮脸蛋的偏见就忽视她裴南虞的能力?

凭什么她裴南虞是他将就的那个?

裴南虞改着文件，又越想越气。等她终于忙完离开的时候，已是深夜了。

黎姜九还在楼下等她：“让我等到这么晚，说吧，怎么补偿我？”

也难怪黎姜九一脸怨气，她今天还特地将她哥的拉风跑车开了出来，谁知道竟被晾到现在。

“晚什么晚？愉快的周末才刚开始！”

裴南虞将包往后座一扔，抬眼间瞥见韩穆也刚从大楼里出来，裴南虞毫不犹豫“啪”的一声关上车门。

“走！今晚我请客！”

## 05

自从那天晚上被韩穆激了下，裴南虞就像打了鸡血一样。

裴南虞没想到自己变成一个学霸是因为一个男人，让自己变成一个工作狂的还是因为一个男人。

当“头可断、美丽不可乱”的裴南虞变成“血可流、加班没理由”的裴南虞时，她在意外摔跤后的第一反应也成功地由“完了，老娘的形象毁了”变成了“完了，见客户要迟到了”。

那是韩穆手上一个已经快结束的案子，裴南虞负责和客户沟通最后的一些事宜。好不容易等到那位客户有空，尽管是周日的傍晚，裴南虞还是二话没说就往目的地赶，可谁知半路上有些心急的裴南虞没看清地铁口的台阶，一个趔趄直接摔了下去。

裴南虞缓了好久才摇摇晃晃站起身，膝盖磕破了，脚也崴了，就连身上的裙子也蹭上了泥点，然而她却顾不上这些，当下拿出手机一个电话打给江原。

现在别说回去换衣服了，就算是直接赶去可能也来不及了，裴南虞打算让江原帮自己救个急。

“太感谢了！对，地点正好就在学校附近，我一会儿发你。还有一些资料在我笔记本里，我一会儿一起发给你。”裴南虞侧头夹着手机，“我？我还行，医院再说吧，我得先去找个有网的地儿把资料给你发来。”

然后裴南虞就提着笔记本一瘸一拐地出了地铁口，拐了弯就到了公司。

周末的商务大楼依旧灯火通明，裴南虞一心只想着快点传资料，到达十六层的时候，根本没注意律所里面也是亮着灯的。

裴南虞随便找了个工位，伤口都没顾上清理，就开始打开电脑忙活，终于将所有的资料和细节事项都和江原交接好了，一直悬着的心才落地。

“这么认真啊？”耳边冷不丁传来一道声音，裴南虞才落下的心差点没提到嗓子眼儿，一回头正对上一副闪闪的乌金边眼镜儿。

“你……咳咳，韩律？”裴南虞吓得差点说脏话，在看清是谁后又硬生生把话咽了下去，“你怎么也在公司？刚刚还不吭声？！“

韩穆扫了眼万分狼狈的女生，面无表情："我在你后面叫了你两遍了。裴南虞，到底是谁的耳朵不好使？"

自己的耳朵好不好使裴南虞不知道，她只知道自己的胃现在有点不太听话。韩穆下楼给她买药去了，从下午到现在她一口水都没来得及喝，所以现在独自一人坐在那儿动弹不得的裴南虞越发觉得饿得慌了。

"您好，A座十六层中伦律所的外卖到了。"真的是想什么来什么，一个带着兔耳朵的外卖小哥提着两袋外卖从天而降。

裴南虞有些许迷惑："我好像没点外卖吧。"

外卖小哥看了眼外卖单："您是韩小姐吧？"

韩小姐？

"韩穆？"外卖小哥又重复道。

裴南虞顿时了然，同时也被外卖小哥认错人逗笑了："韩穆是先生，韩先生……"

"噢那就是了。"小哥笑了，"韩太太，这是您先生的外卖，祝您用餐愉快。"

等等！韩太太？！这个位分升得有点快啊！

对于韩穆为自己点了外卖，自己还被他人叫韩太太占了他便宜这件事，裴南虞竟感到一丝丝不安与愧疚。

尤其是现在，货真价实的韩穆先生还在给冒牌"韩太太"涂药膏。

韩穆半蹲着处理着裴南虞胳膊上的擦伤，膏药的清苦气息混着男人身上的清冽松木香窜入鼻尖，裴南虞竟没来由觉得有些心安。

"你再这样盯着我看，我可保不准手上的力道轻重了。"韩穆冷不丁开口。

裴南虞没挪视线，脸皮贼厚地一笑："好看的人不就是长着给人看的吗？我长得也不赖，韩律你可以看回来的。"

韩穆没抬眼："是，一般会飘的都是长得漂亮的人。

"虽然你今天临场变通处理得很好，但那也是碰巧江原有时间来帮你，万一江原赶不来呢？

"客户看中的不只是我们在专业上的能力，还有我们处事的态度，沉稳冷静、有条不紊才能给他们最大的信赖。

"像你？"韩穆说到这儿抬起头眯起眼，"擦伤、崴脚，还有你这一身泥点，我还是头次知道你摔跤这么全能呢。"

韩穆一番话说得眼也不眨，顿时裴南虞心里刚冒出头的感动、愧疚一下子全成了气，她气哼哼地往嘴里塞了块点心。

韩穆瞥了眼，慢条斯理道："你喜欢吃点心，这些都是你的，吃不完带走。"

这又是什么路数？裴南虞咬了半块绿豆糕不敢嚼了。

"你的工伤我处理了，我的东西你也吃了。"韩穆终于上完药，"明天周一，事情多不准请假，记得上班别迟到。"

果然上级都是吸血鬼，一盒绿豆糕加一袋擦伤药膏就让裴南虞摔伤的第二天也要爬起床一瘸一拐地出门上班。

裴南虞刚下楼就看见昨晚送自己回来的那辆黑车。

哼，她裴南虞也是个有骨气的，她再也不会做吃人嘴软的事了。裴南虞装作视而不见径直走过去，韩穆开着车追了上来。

"上车。"

裴南虞没理他。

"怎么？一会儿也有跑车来接你？"

裴南虞继续朝前走着。

韩穆敲了下喇叭："今早十号线瘫痪，好多人地铁都打不到车，你听说了吗？"

裴南虞停了下来，韩穆看了眼时间："你家到公司需要二十三分钟，现在离上班时间还有半小时，但我只给你十秒钟考虑。

"一……"韩穆才数了一秒，裴南虞便很没有骨气地去拉车门。

"坐后面去。"韩穆拦住裴南虞，不让她坐副驾驶。

二十几分钟后，裴南虞终于明白为什么明明多了七分钟，韩穆却只给她十秒钟考虑。

"穿过这家咖啡厅也有个电梯，人少很多。"韩穆将裴南虞放在公司楼下一家咖啡馆前。

"我要一杯蓝山咖啡，小心别洒了，谢谢。"

看吧，韩穆的顺风车也不是白坐的，那七分钟是要留着帮 boss 带咖啡的。

## 06

韩穆天天来接裴南虞，裴南虞就天天给他带咖啡。哪怕她的脚伤好了，韩穆的车也是每天雷打不动地停在裴南虞家楼下。

这天韩穆出差要到第二天上午才回来，然而早上九点钟就有客户要来，韩穆不知能不能赶回来，便派了江原和裴南虞去接待。

可谁知第二天全城大暴雨，几乎所有人流量大的道路全部堵车，而好久没坐地铁的裴南虞竟然已经陌生到出错了站口的地步。

等拎着高跟鞋赤着脚的裴南虞赶到的时候，江原也气喘吁吁地才

进门，而此时提前回来的韩穆已经亲自在会议室接见客户了。

“完了,今天这顿批评肯定是逃不了了。”江原生无可恋地瘫坐着。

果然，等韩穆将客户送走后便沉着脸将他们一个一个叫进来。

“江原是下暴雨堵车了，你是什么理由？”裴南虞刚进去坐下就听见韩穆冷冷问道，“怎么？天天有人接送习惯了？所以我一出差就迟到？”

裴南虞难得没有顶撞，垂着眼：“抱歉我的错，迟到就是迟到，没有原因，不找理由。”

韩穆目光沉甸甸的：“一个律师，专业不精通可以在学校里赶上，做事不沉稳可以在社会上补足，但是如果没有做到守信守时，是绝对没有第二次机会的。

“所以你和江原一样，没有下次，如果还有，你们就直接拎着包不用进来了。”

裴南虞最后抬眼看了下韩穆：“知道了。”

韩穆的狠话很顶用，此后无论刮风下雨江原和裴南虞两人都没再迟到过。

可江原又觉得韩穆的话狠过了头，因为裴南虞自那天后就没怎么扬眉笑过，那双好看的眉眼里像是藏了什么心事。

就连韩穆再次让他俩代自己去接待客户时，裴南虞从头到尾也是一副神情淡淡的模样。

“裴院花，别总丧着脸了，快来！告诉你一个不得了的大秘密。”

江原的处事原则就是，无论是缓解气氛还是挑起话题，没有什么是一个八卦不能搞定的。

“你要是知道刚刚那女人是谁，你一定会为你刚才全程不苟言笑的态度后悔的！”江原正趴在窗上直勾勾地看着什么。

裴南虞低头整理着后续资料，随口道：“这个客户不就是韩律一周就处理好的离婚纠纷的委托人林女士吗？”

“No、No、No，她可不是普通的林女士，她可是能坐上韩律副驾的林女士。”江原转过头，“你不知道吗，韩律的副驾从来不坐女人。”

裴南虞目光一滞，江原很满意她的反应，继续道：“你知道当初离开韩律的那个女人姓什么吗?

“姓林！

“你见过韩律接离婚案吗？你见过他亲自送女客户走吗？而且还让人家坐他的副驾！说明是她啊！那个女人离婚了回头来找我们优质多金的韩律了！”

裴南虞神色平静地继续整理着资料，不以为意地挑了挑眉。

“哦，我当是什么不得了的八卦呢。

“原来是马儿回头吃草了。”

江原见自己憋了很久的大八卦丝毫没激起裴南虞的兴趣，便兴致恹恹地耸了耸肩。

“走啦，明天周末，韩律说这段时间辛苦了请我们吃火锅犒劳下，我们先走吧。”

说话间，裴南虞的手机又振动了下，她瞥了眼又若无其事地合上丢进包里。

“走！吃他个够！不吃穷韩律不罢休！”裴南虞狠狠地吼了句。

而此时，手机里又进来一条信息。

**南南，不要再躲我了，我们见个面好吗？**

韩穆的初恋回来找他了。

裴南虞的小竹马也回来了。

韩穆赶到的时候，江原已经将肥牛羊肉点了满满一桌，香气扑鼻的火锅早已在沸腾了。

江原原以为他和裴南虞商定的“他主攻菜品，裴南虞主攻酒水”吃垮韩穆的战略只是句玩笑话，可没想到裴南虞却认真了。

没吃一半，裴南虞面前已经堆满了啤酒罐儿，打眼数数起码小十罐儿。

“喂，裴院花，要是有什么伤心事儿可别憋着啊，我知心大哥哥的外号可不是吹出来的。”江原试图拿走裴南虞面前的两罐未开的啤酒。

裴南虞看见了，二话没说又抢了过来：“我好得很，实习那么好，追我的人一大堆，约会工作两不误，我明明好得很不是吗！”

裴南虞利落地又开了罐啤酒，三两口就灌下一小半。

这时，一双手按住了裴南虞，她一抬头正对上韩穆目光沉沉的俊脸。

“干吗？怕我喝穷你啊？”裴南虞的口气已经有些飘了。

韩穆挡酒的姿势没动：“你喝得不少了。”

两人僵持了几分钟，裴南虞意味不明地退了一步：“要我不喝也行，韩律替我解答一个疑惑吧？告诉我该怎么做我就不再喝了。”

“你说。”韩穆不动声色地拿过裴南虞手上的酒。

“很简单，如果当初伤害过你的人回头来找你，你会去接受还是拒绝？”

韩穆目光一沉，江原更是吓得连肥牛都夹不住了。

良久，空气中都只有火锅咕嘟冒泡的声。

“这个很难吗？”裴南虞双手一拍桌子站起身，“不是拒绝就是接受，我就想知道你会怎么选？我们冷静沉稳、考虑周到的韩律到底会怎么选择？”

江原连忙将她拉了下来，冲韩穆尴尬地笑笑：“韩律别介意，她平时不这样，今天大概是喝得有些上头。”

裴南虞否认：“我没醉……”

“拒绝吧。”韩穆突然插进话，一字一顿，“别人我不清楚，但我知道如果你的那位回头只会让你坐在这里灌闷酒，那你能选择的只有拒绝。”

三个人吃完火锅后又转去 KTV，而之前提出火锅配唱歌的江原刚唱了两首歌就已经靠着沙发沉沉睡去，只有裴南虞一个人拿着话筒不知疲倦地唱着一首又一首歌。

裴南虞极爱老歌，她的声线也意外地很适合这些慵懒温柔的粤语歌，就像夏夜里迎面拂来的晚风，带着不知名的撩人温度，钻进了心窝就是想忘也忘不掉。

裴南虞的眼睛是极美的，只不过在现下这暧昧的灯光下，女生那漆黑清亮的瞳仁却泛着潮湿的亮光。

一首《喜帖街》被裴南虞唱得极尽其至。

好景不会每日常在

天梯不可只往上爬

爱的人没有一生一世吗

韩穆眯起眼，他看出来了。

裴南虞在哭。

韩穆送完江原再送裴南虞回去的时候，两人在车里一路安静无言。

只是在最后裴南虞下车的时候，韩穆才叫住了她。

“专业精通、处事沉稳、守信守时是一个合格的律师要做到的前三点，今天教你最后一个词，冷静果决。

“尤其是已经做出选择了的事，要做的就只是果敢决断。”

## 07

韩穆第二天就出差去了，听说要十来天才回来。

韩穆出差的第三天，裴南虞就收到了一大捧玫瑰花，整整 99 朵，鲜艳灼灼，没有署名，但裴南虞却一眼就认出了对方的字迹，她是看着那人一点点将裴南虞三个字从歪歪扭扭练到如今的工整漂亮。

送花小妹每天都捧着红玫瑰站在律所门口喊着裴南虞的名字，但是每次最后出来接受捧花的是江原。

整个十六层都知道韩律手下有个叫裴南虞的实习生，天天都有人送玫瑰花。就连周末晚上裴南虞和江原参加一个交流会的时候，以前没怎么打过交道的同期实习生视线也会有意无意地扫过她。

江原不嫌事儿大地戳了戳裴南虞：“可以啊裴院花，韩律不在的这一周，你好像更出名了。”

裴南虞没好气地回瞪了一眼，没搭话。

今天是个大型的学术交流会，来了很多全国各地的精英律师，他

们律所有空的律师和实习生也都来了。

韩穆不在，江原和裴南虞只得硬着头皮参加。好不容易熬到最后，两人正打算开溜时，裴南虞只听见迎面传来道男声。

“南南？”裴南虞身子一僵，再抬头一看，果真是她的小竹马程勋。

江原这时正好被他们律所的另一个律师临时叫走，孤身一人的裴南虞沉着脸转身就要离开。

“南南！你先别走！”程勋连忙上前，“我知道你不想见我，但有很多事情我想和你说，我们之前……错过太多了。”

裴南虞步转过身，定定道：“是的，我们之间已经错过了，回复的消息我也已经表达得很明确了。所以程勋，到此为止吧。”

“可是南南……”程勋拉住裴南虞的手，裴南虞一把甩开他朝外走去，她走得太急根本没顾得上脚下的台阶，“吧嗒”一声，细高的鞋跟毫无防备地一折，裴南虞一个趔趄眼看着就要摔了下来。

可还没等程勋伸手去扶，有道更快的身影已经接住了裴南虞，女生稳稳地落在一个宽厚的怀抱里。

清冽的松木香，是韩穆？

裴南虞一抬眼就看见近在咫尺的那张熟悉清俊的脸，莫名的心就安了下来。

而韩穆胸口微微起伏着，一贯冷静沉稳的眼眸竟有了些不易察觉的紧张，男人目光紧盯着裴南虞：“你怎么样？”

裴南虞摇头：“没大碍，就是鞋子坏了。”

韩穆拉过一旁的椅子，扶着裴南虞坐下。程勋把刚才的一切都看着眼里，心里堵得很：“韩律？你就是南南的上司？”

韩穆转过身，眼镜下的那双眼睛泛着细细的冷光：“你就是那个

天天送花的男生？”

“我送什么给南南需要你同意吗？” 程勋双手抱胸，“我知道南南从小就漂亮招人喜欢，但你别做梦了，她是不会看上你的。

“你知道她会学法律，做律师是因为谁吗？是因为我！因为我们是青梅竹马，你知道什么叫青梅竹马吗？大叔？”

裴南虞紧抿着唇，脸色难看得很，女生努力克制着微微发抖的双手，这时一双手轻轻地覆住了她所有的不安和愤怒。

“你说得很对，裴南虞很漂亮。”韩穆蹲下身平视着裴南虞，“只不过她这眼神也是我见过最差的一个。

“你说她曾经都能瞎了眼看上你，你怎么就那么肯定她今后不会看上我？”

韩穆转过头盯着程勋，勾唇一笑：“我单身无婚姻事实，裴南虞未婚未嫁，两情相悦可是件说不准的事儿。万一哪天我们就领了那个红本子，那么这位同学，你再是她的青梅竹马也不作数了。

“因为到时候你骚扰的可就不是你的南南了，而是我的韩太太。”

裴南虞披着韩穆的外套跟着男人离开的时候脑子还是空白一片，甚至坐上了韩穆的副驾也丝毫没察觉。

一路上，两人都沉默不语，车厢里安静得可怕。

裴南虞注意到后座上还有韩穆的行李，男人应该是出差刚回来就赶了过来。裴南虞瞟了眼韩穆，男人正专注着前方，脸色却沉得很。

似乎……是在生气？

终于在一个等红绿灯的当口，韩穆沉沉开了口。

“怎么？果断决绝很难吗？还是说要你决断的人太特别了？”韩

穆平视着前方没有看裴南虞，“裴南虞，看来是我对你期望太大了。”

韩穆也不知道为什么现在心里烦躁得很，就像莫名闯入一只蜜蜂，一直在嗡嗡乱飞乱撞。

或者更早点，前几天在和江原沟通工作时无意听见有人天天给裴南虞送花的时候开始，那只蜜蜂就已经蹿了进来。

明明韩穆后天还要出一趟更远的差，可现在男人回到桐城的第一件事竟然是赶去裴南虞所在的交流会。

韩穆想，他大概是要疯了。

而此时的裴南虞怔了好久才失笑开口。

“是！你教我沉稳严谨，教我守信守时，可我就是做不到你说的果断决绝，我做不到像你一样说接受就接受，那么心平气和地就让人家坐上副驾。我选择拒绝也拒绝得优柔寡断，因为今天我才发现我当初选择这一行业全都是因为那个人！而现在终于和他断干净了，我突然发现自己这么些年做的努力全都变得一文不值！

“可笑吗？我又期待那根束缚着我的柱子早点断掉，一边又害怕一旦断掉就没有什么东西可以继续支撑我走下去了！对！我就是你不喜欢的那种人，那种除了漂亮一无是处的蠢女人！”

裴南虞隐忍了这么久的情绪瞬间全部涌了出来，像是突然被撬开了泪腺开关，女生哭得稀里哗啦，韩穆的那件价格不菲的西装外套没有幸免于难，彻底成了裴南虞的擦泪巾。

韩穆干脆把车停在路边，让裴南虞尽情哭了个够。等裴南虞抽抽噎噎地终于止住了，韩穆才懒懒开口：“好了？能回去了？”

裴南虞吸了吸鼻子：“韩律，我好像有点饿了。”

半个小时后，韩穆和裴南虞坐在“The one”咖啡馆里。

裴南虞只知道这家的咖啡做得不错，还从不知道这里的广式甜点也做得如此地道。韩穆将店里的每一道点心都点了一遍，然后坐在对面一声不吭地看着裴南虞吃。

甜点果然是治愈悲伤的良药。裴南虞哭了一通又吃了一顿，心情顿时明朗不少。

“你不吃点吗？”裴南虞见韩穆看着自己吃突然有些不好意思。

“我不饿。”韩穆淡淡道，“这里的点心是专门请了广州的师傅做的，很正宗，你可以多吃点。”

裴南虞正视着韩穆，良久道：“韩律，谢谢你。

“谢谢你带我来吃东西，谢谢你替我解围……”

“解围？”韩穆沉甸甸的目光落在裴南虞身上，意味深长道，“所以你认为我刚刚在那么多人面前说的那些话，只是为了替你解围？”

裴南虞一口绿豆糕没咽下去，什么意思？

“裴南虞你跟着我这么久，应该知道我从不说大话吧？”韩穆微眯起眼，“况且我说了，两情相悦可是件说不准的事儿。”

裴南虞怔怔地看着韩穆似笑非笑的目光，突然大脑咔的一声又死机了。

鹅黄色的灯光开始暧昧起来，气氛也有点意味不明了。

裴南虞这个时候突然想到了江原说的关于韩穆的故事，却又不敢直接向当事人确认，稍加思索后计上心头——用曾经听到过的咖啡馆老板的故事来试探韩穆。

“咳咳，有个八卦不知韩律听没听过，是这家店老板的故事。”

韩穆挑眉：“哦？洗耳恭听。”

管用！裴南虞心中暗喜。

“是个凄美的爱情故事，打工穷小子和广东富家女两情相悦却被强行拆开，年过半百的穷小子也就是这家店的老板，为了挚爱半生未娶，打工回来后便开了这家咖啡馆。‘The one’代表唯一，你看这些点心甜品都是广式的，这放的音乐以及饮品的名字都是粤语歌，尤其是那杯‘一生所爱’，醇厚也苦得很，不就是这个老板在怀念他的爱情吗？”

“你懂得还挺多。”韩穆的表情耐人寻味。

“还不是之前无聊和这儿才来不久的咖啡小妹聊天知道的。”裴南虞看了眼时间不早了，便叫来店长结账。

“韩律，今天我请你吧，就当是谢谢你了。”

这次韩穆点了点头，没有像第一次那样和裴南虞争。

可结完账，裴南虞却看见店长拎着两提打包了的点心直接给了韩穆。

裴南虞挑事儿道：“安姐，你不能看我们韩律长得帅就白送吃的啊，小心我告诉你们老板！”

店长安姐忍不住笑出声来：“裴小姐还真是喜欢开玩笑，我们老板要打包的东西怎么能叫白送呢？”

裴南虞愣了十几秒，才终于理顺了这句话。

这下气氛真的是尴尬到死了，裴南虞看向韩穆，艰难地咽了咽口水。

“韩律，你……是店长？”

08

回去的路上裴南虞觉得今天这一天过得真的是混乱极了，尤其是关于韩穆这个人。

而此时韩穆才终于不紧不慢地开口解释。

“你们那天接待的委托人，是我的表姐，我不知道为什么不能心平气和地接受她坐我的副驾。

“这家咖啡馆是我和我朋友合开的，风格我决定的，店名他起的，至于是不是代表他唯一的爱，我改天替你们问问他。

“和富家女两情相悦的打工穷小子是假的，但我单身无婚姻事实这件事是真的。”此时，韩穆已经将车开到裴南虞家楼下，两人却都没有动。

“裴南虞，你现在坐的副驾的确不是哪个人都能坐的，除了我亲人外也就只有韩太太了。但是否愿意名副其实地坐上这个位置，选择权在你。

“这是你实习期的最后一个课题，明天之后我要去更远的一个城市出差一个月，在下个月实习结束的那天我要看见你回复的邮件。”

韩穆替已经完全蒙了的裴南虞开了门，将那两提点心塞到她手上，又顺带捏了捏她的脸。

“原本就是给你打包的，一共二十盒，不着急慢慢吃，等你吃完了总应该能想出答案了。”

裴南虞晕晕乎乎地下了车，又晕晕乎乎回到家。直到晚上躺在床上，韩穆最后两句话还在她耳边响着。

“裴南虞，时间会消磨掉一切不坚固的东西，束缚了你这么久的柱子终于倒了，你以后的路应该是更加广阔开明才对。

“因为只有藤蔓才会一辈子依附于支撑，而在我眼里，你裴南虞并不是需要攀附他人才能生长的藤蔓。

“你从来都是一棵树，而且是最扎眼、最骄傲的那棵。”

裴南虞是爱吃点心的，可江原还是第一次见她一盒点心吃了整整五天。

第二盒裴南虞吃了三天。

第三盒吃了半天。

等到了第四盒，裴南虞还没吃完就把回复发送到了韩穆的邮箱。

几乎是下一秒钟，韩穆就回了消息。

时间还未到，你还有机会考虑，下一次发来的答复我就当真了，裴小姐还是韩太太，到时候想改也改不了了。

裴南虞二话没说再次发了遍一模一样的答复。

但又多了一句话。

优柔寡断的是裴小姐，而韩太太从不犹豫不决。

END

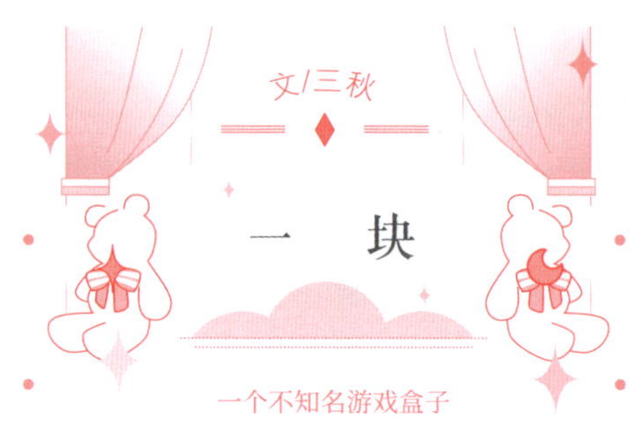


01

九月份的天气，走在柏油路上都能看见蒸腾的热浪。

白知羽拉着行李箱走在小胡同里，七拐八拐，念念有词："136号，青年报社……"

这地界真的不太好找，白知羽已经转悠了四五圈，愣是没找到手机上的地址，低头一看身上的T恤，领口的位置深了一圈，都是汗湿的。她皮肤白，太阳一晒就又红又透，现在只差伸着舌头像家里那条哈士奇一样散散热气。

等又拐进一个小胡同，导航也失效了，白知羽站在胡同里，看着这几条相差无几的小路，彻底蒙圈了，只能拨电话给面试她的编辑求助。

那边倒是很快就接通了，背景音嘈杂得像是在打架——

"小白你到了？哦迷路了……校对的稿子呢，怎么还没发！老余快点！新人来了……哎老大你要出门？顺便接一下新人吧，又一个迷失在胡同里的萌新！什么？不愿意？老大你太不友好了这样是招不到

新人的！”

白知羽无语了，客套道：“啊不用了吧，要不我自己再找找？”

电话大概是开了扩音，白知羽听见那边有个稍远些的男声说道：“看吧，她自己说不用了。”

编辑抓狂：“这是客气啊客气！你不去接就等着新人晒死在外面，那我们就继续加班，工作到老死也做不完！”

“啧，麻烦。”男声走近，接过电话，声音一下子被放大，“站在原地别动，走丢了本社概不负责。”

白知羽：“……好的。”

挂电话之前，白知羽听见编辑还在大喊：“老大你要是把新人吓跑了，我就吊在你家门口风干……”

白知羽在原地站了五分钟，晒得像只蔫头耷脑的企鹅，终于看见远处某个穿着短袖和大裤衩的男人慢悠悠朝她走过来，她浑身一凛，忽然反应过来——

这个老大不会就是那个老大吧？！

男人几乎比白知羽高了一个头，耳朵里塞着耳机，皮肤很白，鼻梁高挺，单眼皮，薄唇，面无表情向她走过来的样子莫名让白知羽后颈一凉，这和曾经在访谈节目、杂志上看见的人好像不太一样，更随性，也有种生人勿近的感觉。

真的是唐泽辰！

唐泽辰本人可是传媒界的一朵奇葩，名校毕业，又在国外进修了几年，履历优秀到可以闪瞎白知羽这种小透明的狗眼，然而回国之后他放着无数人挤破头都想进的报社不去，转而做起了“调查”记者。

前两年风头正盛时，唐泽辰那张俊脸可是传遍了媒体。贪污案、

作假案、矿井背后的猫腻……只要是经他手的新闻，一定大爆。最近一年唐泽辰才慢慢淡出公众视野，但他的魅力和他留下的影响可一直都在。

新闻界需要这种悍勇无谓的精神，哪怕行内对他褒贬不一。

白知羽毕业的母校也是唐泽辰本科的学校，她算是慕名而来，毕业后抱着试一试的心态投递了唐泽辰所在的报社，历经两轮面试，居然顺利通过了。

来之前，白知羽曾经想过一万种和偶像见面的场景，但没有哪一种是像现在这样跟离家出走被抓似的。

特别是唐泽辰看起来还是一副没睡好不耐烦的样子。

唐泽辰走到她面前，摘下耳机。白知羽呼吸一窒，脑子里就跟开了个弹幕似的，疯狂闪过一串啊啊啊，活的唐泽辰！！！

白知羽顺了顺自己的呆毛，紧张地和他打招呼："啊……辰，辰哥好……辰哥中午好，没想到是你来接我啊你好我是——"

然而唐泽辰的视线只在她脸上定格一秒钟，接着就面无表情地路过了她，边走还边拨通了一个电话："人呢？不是说在胡同里？"

编辑："在啊，老大你仔细看看？"

唐泽辰站定，看了看四周，笃定地说："除了遇见个很激动的粉丝之外，没有别人。"

编辑："等等，老大你看那粉丝是不是穿着白T、拎行李箱、中长发的可爱妹子，说不定手上还有入职通知？"

唐泽：……

他转过身面无表情地同白知羽对视了几秒，看这个身高只到自己肩膀处长相非常高中生的女生，眉头拧得更紧："雇用未成年是要被

吊销营业执照的，报社现在这么缺人吗？”

白知羽：……

## 02

如果说还有什么是比偶像认为她矮到像是未成年还要幻灭的，就是唐泽辰带着她找到报社的时候。

尽管在这之前唐泽辰已经提醒过她：“大家平时都比较不拘小节，办公室可能有点挤，你别太惊讶。”

他带路走在前面，说完话没听见回答，扭头一看小矮子正奋力拖着有她一半身高那么大的行李箱吭哧吭哧地走路，好不容易跟上来，唐泽辰一迈腿，她又得小跑跟上。

唐泽辰：“……箱子拿来。”

白知羽：“啊？”

没等她点头或是摇头，唐泽辰已经借着身高优势轻松把五十几斤的箱子拎了起来，白知羽愣了一下，连忙道谢：“谢谢辰哥！这箱子有点重，实在不好意思……你刚才在说什么？”

“没听见？”唐泽辰勾起嘴角笑了一下，“也没什么。”

他笑起来很好看，但莫名笑得白知羽心里发毛。

报社在小巷一栋独立的五层旧别墅里，外墙覆盖着爬山虎和不知名小白花，门上写着“青年时报”的字样。

唐泽辰拎着箱子健步如飞走在前面，白知羽累死累活追在他身后，走近大门，唐泽辰在一间办公室门口站定，打开门锁的瞬间，往旁边

一让，低低哼笑道：“准备好了，欢迎来到我们的世界——”

门推开的时候，白知羽震惊了。

里面乱得像星期天大抢购的超市，吵得不可开交，摄影师和编辑站在办公桌两边马上就要掐起来的样子：“当时那条件我上哪儿给你照高清无码啊！老子被狗追得差点掉河里，能拍到一张照片已经不错了！”

编辑也吼：“这脸都扭曲成异形了，你让我怎么发？”

“那是因为我在跑啊！被黑工厂的狗追着跑，你试试！”

“相机给我！试试就试试！！”

激烈的吵架声中，其他人还在淡定地各司其职，似乎已经习惯。座机响个不停，小胖接电话的时候灌一口菊花茶，接起来扯着嗓门说：“您好这里是《青年时报》……小声点你们！您好您好，哎在听在听……老余你小声点！”

满室A4纸乱飞，其中一团废纸正中了白知羽的脸，砸得她“哎哟”一声，大家这才注意到她，整齐地停下手中工作看向她，接电话的胖子呆滞地看了看她，又看了看她身后一脸冷漠的男人，嘴里的茶“噗”一下喷出去了：“老大，你有女儿了？！！”

白知羽：……

争执中的摄影师和编辑也扭头看过来，唐泽辰嘴角抽搐，俊脸上出现一种“你该去看眼科”的表情：“胖虎，想象力这么丰富不如去隔壁创意组，待在这里屈才了——一米八五的父亲能生出一米五的女儿吗？从遗传学上来说，概率很小。”

白知羽噎了一下，不甘地小声反驳：“……一米五九，而且我说不定还能再长长。”

唐泽辰："是吗？胖虎你给她在门上画个刻度表，长高一厘米单位都给你发奖金。"

白知羽算是见识到了唐泽辰的毒舌能力，其他人也忍不住笑出声，她只得满头黑线地和大家打招呼："你们好，我是报社新来的实习记者，叫白知羽。"

"小白到了？！小白！"只见一个女生披头散发地从工位后面站起来，扑向她，声音很熟悉，就是面试她的编辑，"小白你好，我是柳棉，欢迎欢迎！"

唐泽辰把行李箱交给柳棉，就走人了，哪怕穿着T恤大裤衩，也有种非常惹眼且区别于凡夫俗子的帅气。

白知羽收回目光，小声道："辰哥看上去好像有点凶。"

柳棉："不是看上去。"

这时其他几人也纷纷朝她问好，刚才在吵架的摄影师绰号叫老猫，另一个编辑叫高阳，接电话的小胖绰号胖虎，整个报社编辑部加上白知羽也就六个人，唐泽辰是总编大人。

互相认识了之后，白知羽就拿着入职通知去人事部办工牌了。

入职第一天，白知羽光是掏身份证就掏了四回，力图证明自己真的不是未成年，只是矮——没办法，在均身高一米七的北方人中间，一米五的白知羽显得格外娇小。

就连保洁阿姨看见她都问了句学校怎么还没开学。

白知羽不可避免地又被大家调侃了一阵。

最后还是唐泽辰出来给她解围的，他往打印机面前一杵，众人就跟嘴巴上了封条似的安静如鸡，唐泽辰淡淡道："继续啊，调戏新人很开心？要不要我让她把身份证用双面胶粘在脑门上，逢人就说'哎

大爷您仔细瞧瞧’。”他顿了顿，关掉打印机，看向胖虎：“需要吗？”

这冰冻三尺的语气，让胖虎把头摇成了电风扇，夹紧尾巴滚去工作去了。

白知羽再一次见识到了唐泽辰的杀伤力。

调侃到此结束，短暂的午休过后，办公室里又恢复成了之前那副鸡飞狗跳的样子。

白知羽的工位是慌忙整理出来的，左上角堆满了一摞还没校对完的稿子，一本厚厚的新华词典，还有胖虎随手放的一个玻璃杯，这些东西摇摇欲坠地叠成一个高塔，白知羽毫不怀疑如果这堆书倒了能把她砸死。

“这写的是什么！这是什么字？小白快帮我看看！”柳棉飞过来一张手写采访稿，上面的墨迹模糊，有些字写得简直飞起来，白知羽看了两眼，不确定地说：“鏖战？”

柳棉点头说好像是，然后狂嚎着来不及校对了。

“我来校对吧。”白知羽把稿子拿过来，柳棉感激地流下面条宽泪：“你真是大好人！”

白知羽豪迈一挥手：“不至于，小事一桩！”

胖虎接话道：“上一个翻译校对的妹子被老大骂哭三回之后就离职了。”

白知羽：……

于是接下来在唐泽辰的阴影之下，白知羽疯狂改稿，一双眼睛瞪得像铜铃，才好不容易在发稿前几分钟交上稿子。

柳棉双手合十，念道：“阿门。”

白知羽：“你这动作和口令好像不是一个体系的吧？”

“你不懂。”柳棉语重心长道。

一分钟后，白知羽懂了。

一个从唐泽辰办公室拨过来的电话，他的嗓音在听筒中显得有些哑，声音也很冷：“刚才那篇报道，谁校对的，进来。”

白知羽：……

胖虎坐着椅子滑过来，用手里的零食袋和她击掌：“断头饭，给你一袋？”

白知羽摇摇头一脸绝望地从位置上站起来，学着柳棉双手合十：“阿门，辰哥不吃人吧？”

柳棉探出一个头说：“我们对外统一宣称不吃。”

03

上班第一天，被训了个狗血淋头——从错别字到语病，再到语法，白知羽简直听得头昏脑涨。

特别是唐泽辰用那张英俊又刻薄的脸说出来，攻击技能满点。

接下来几天，白知羽水深火热地生活在改稿校对中，其他人也很忙，没有多少时间带新人，于是白知羽经常加班到很晚。

有一次她改的一篇稿子已经被总社退回来三次了，白知羽死活看不出哪里还有问题，头发都要抓秃了，唐泽辰从办公室一出来，就看见座椅上有个披头散发的女鬼在嚎叫，吓得他差点报警。

“不用这么夸张吧辰哥。”白知羽顶着两个大大的黑眼圈，沮丧道，“我改到都要不认识汉字了，你还奚落我。”

唐泽辰顺手递了杯咖啡给她，修长漂亮的手指把原稿件拿起来看了看："余伟老师手写的稿子？"

白知羽生无可恋地点头——余伟是报社里资历很老很受尊敬的记者老师，常年在外跑新闻。

唐泽辰翻了两页之后，看见女生苦兮兮的团子脸，莫名想到家里那只短毛加菲猫，他扯了扯嘴角，问道："很难？"

白知羽双手捧上一支笔，像给他加冕似的："求辰哥指教！"

唐辰接过笔："余伟老师习惯手写记录事件，字体是出了名的工整，但他祖籍在广州那边，所以行文语法稍微有些差别，你录入的时候要稍加修改，不然不能作为一篇合格的采访稿发表。"

他勾了好几处，加了批注，让白知羽看看还有哪里不明白的。

"这里，你的思路要按照能刊登上报的水准来改……其他地方没什么大问题。"唐泽辰单手撑在桌面上，一低头就能看见白知羽漆黑的发旋，"做这行熬夜是难免的，但工作大家分担，不要总做大好人，时间久了，会让他们滋生惰性。"

白知羽本来正在专心看稿子，闻言愣了一下，给余老师录手稿原来是胖虎在做，但他这几天忙着焦头烂额地哄女友，这才拜托白知羽帮忙的。

"知道了辰哥。"白知羽悄悄拿眼瞥他，在柔和的灯光下，唐泽辰的轮廓依旧冷冽，却没平日那种难以接近的样子，白知羽发自内心地说了句，"谢谢辰哥。"

唐泽辰垂眼，猝不及防看见他家新记者以一种感激到亮晶晶的眼神盯着自己，不由挑眉，伸手捏了一把想捏很久的脸颊，果然触感和那只猫一样软。

白知羽心里倏地一跳，却听他又道：“不用谢，出错我还是要训人的。”

假象……觉得他很温柔什么的都是假象！

04

当然，让唐泽辰真的对白知羽刮目相看还是因为一次很偶然的事情。

国庆前白知羽出了两篇采访，给社里的前辈看过一次，改了不少毛病，唐泽辰没亲自看，问了两遍以为稿子没问题了就催她赶紧交。

白知羽是新人，天天连轴转加班改稿已经是很不错了，然而交稿前几天，她硬是顶着高压拿这两篇稿了跑了数趟唐泽辰的办公室。

唐泽辰这段时间本来也忙得飞起，大家平时能不招惹他就不招惹他，偏偏白知羽是个不怕死的，拿着稿子往他面前杵，自然是经常被骂个狗血淋头。

好在他骂归骂，却并不吝啬指教。有时候火气下去了，抬头一看白知羽认认真真地改着，居然半点没觉得他训得太过分。改完还仰着小脸问他：“辰哥，还有呢？这里是不是也有问题？”

唐泽辰一眼望进她那双眼睛里，好像她一点也不介意被训这么惨的样子，还没心没肺指着一处给他看，唐泽辰顿时有些啼笑皆非。白知羽一看他脸色就知道没事了：“可以了吗？真的可以了？老大厉害！”

唐泽辰挥手赶人：“去去去，改好了发我邮箱。”

“好嘞！”白知羽走出去给他关上门，脑袋从门缝里探出来，“对了辰哥！训人是不是比抽烟解压多了？”

唐泽辰放在烟盒上的手指一顿，趁他开口之前，白知羽很快闪人了：“老大我走了！”

他心想什么歪理，但的确没再打开烟盒了。

也幸亏是白知羽孜孜不倦地拿稿子烦他，节后这两篇报道才能顺利刊登。

这是唐泽辰头一次觉得这个女生有着不一般的韧劲，她很少喊累，也不会因为被训而气馁，每天辰哥长辰哥短的，竟然也不会让他觉得烦，反而就是这样的热忱明朗，才让他越来越注意白知羽了。

稿子登了，大伙起哄让他请客。

“请客请客！辰哥我要吃蛋糕！”白知羽嚷得最凶，要求却最低。

唐泽辰心情很好地揉了两下她的脑袋，听着周围一水儿的嘘声，坦然道：“走，辰哥请客。”

磨合了半个月，社里外派出差走掉两个人，白知羽暂时接替柳棉的位置，搭档胖虎一起协助唐泽辰修改一篇关于化工厂排污的新闻。

白知羽终于晓得唐泽辰最近这么暴躁是为哪般了——这种新闻说大不大说小不小，但写的时候却一定要注意尺度。可唐泽辰的笔风一向犀利，写的东西一针见血，看完原稿的白知羽心惊肉跳，和胖虎一起直呼辰哥厉害。

三个人一起加班大半个月，通常当白知羽回过神的时候外面天都蒙蒙亮了，这时候唐辰泽会去洗把脸，招呼他们别改了，出门请吃早餐。

有时唐泽辰也被总社磨得没了脾气，干脆去外面抽两根烟。大家熬夜过后总是挂着黑眼圈一脸萎靡的样子，唐泽辰也不例外，这时候白知羽就觉得大神好像接地气很多，他也是个凡人，也有几天不洗澡

胡子拉碴的时候，也会因为一句话的语病和责编吵得不可开交——然而这样的他更有魅力，也更让人信服。

交稿给总社的那天，正好柳棉和老猫也回来了。唐泽辰一脸轻松地关掉电脑，把白知羽和胖虎从位置上拎起来，招呼其他人："走，请你们吃火锅。"

胖虎欢呼一声："老大我要吃 888 元一盘的牛肉拼盘！！"

等到了那家中式庭院全柚木装修的火锅店时，白知羽承认是自己见识少了。

菜单上肉类更是贵得离谱，让白知羽和胖虎这种自诩身价八千有七千都贵在手机上的土包子瑟瑟发抖——胖虎一边抖一边熟练地点了 1288 元每盘的象牙蚌刺身　　白知羽算了下这一顿的价钱够她不眠不休给社里写半年新闻的稿费了。

胖虎："吃完这顿我身价起码涨几位数！"

唐泽辰："身价涨不涨不知道，体重肯定是会涨的。"

白知羽："好恐怖的价钱，老大放心，我不会吃太多的！"

唐泽辰放下手机，抬眼扫她，勾起嘴角露出个笑："别，要是在社里待半个月还饿矮了是不算工伤的。"

白知羽：……

胖虎和老猫无情大笑："哈哈哈！"

柳棉拍了拍白知羽以示安慰："没事小白，敞开了吃。"

中途，唐泽辰出去接了个电话，回来之后白知羽就敏锐地察觉到他的脸色不是很好，具体来说表现在后面他饭没吃几口就拿着烟盒出去了。

白知羽不知道发生了什么，胖虎也有所察觉，紧张得多吃了两个

哈根达斯，柳棉给小白使眼色问怎么了，小白直摇头。

回社之后大家安静得像是集体失声，胖虎和白知羽隔着一个工位用微信交流。

胖虎：……我刚才听见辰哥和总社打电话了，盲猜是我们刚交上去的稿子有问题。

小白：不是吧，老大亲自把关的能有什么问题？

胖虎：问题不可说……

胖虎：除了加班那段时间，你哪时候看过老大抽烟这么凶？我现在担心老大一冲动直接冲去三楼和领导叫板了……要不你去打探打探情报？

柳棉从上面探出脑袋，压低声音道："你俩哑巴了？就坐隔壁还用微信聊？"

胖虎小声说："我俩害怕！我让小白去打听情报！"他给了白知羽一个"初生牛犊别怕虎"的眼神，白知羽一想，还真怕唐泽辰三两句把领导气到吃速效救心丸，于是蹑手蹑脚跟着拿着烟盒的唐泽辰出了门。

唐泽辰一直走到小花园处，才对身后鬼鬼祟祟的人说道："别躲了，跟出来干吗？"

"辰哥，"白知羽摸了摸鼻子，走到他身边，"你怎么了？"

"他们又把你顶出来了？"唐泽辰心知肚明的样子，手指烦躁地在烟盒上划过，淡淡觑了她一眼。

白知羽问道："所以真的是稿子出问题了吗？"

唐泽辰沉默片刻，露出一个似笑非笑的表情："不是稿子有问题，是人的脑子有问题。"

白知羽：……

辰哥的嘲讽技能还是强。

他拿了一支烟在手上，没点燃，面对白知羽满脑门问号的团子脸，忽然又很手痒：“想知道？”

白知羽疯狂点头：“嗯嗯！”

唐泽辰坐在花坛边烦躁地吐出一口气：“我们下期的版面要空出来了。”

饶是白知羽也没想到居然是这样：“啊？为什么？”

唐泽辰轻笑一声，不无讽刺地说：“有些事情没有为什么？

“但我仍然还会写，一切都值得……你记住，我们记者需要做的，就是不要放弃。”

他的侧脸浸在模糊夜色中，双眼漫不经心地看着远方，空气中有淡淡的烟草味，白知羽看着男人挺拔的身影——

他的无奈，他的坚持，他教会她的道理，他让她别放弃，这些东西，忽然前所未有地超越了一开始白知羽对他的偶像光环，在这一刻，变成某些柔软却有力量的东西，直击她的心脏，让她怀疑自己罹患心律不齐。

好在白知羽很快平静了，同时还塞了个什么东西给他。

唐泽辰低头，看见手心安详地躺着一个歪歪扭扭的丑东西，嘴角抽动地问：“这什么？”

“刚在办公室折的王冠。”白知羽眼里闪着小星星，“老大，以前只觉得你好厉害，现在发觉你不止厉害，还超有人性！”

唐泽辰沉默了一阵：“……你这是夸我？”

“是啊！”白知羽点头，“所以你别不开心了，你可是最好、最

顶尖的调查记者……之一！”

唐泽辰居然被她一通幼稚的话歪打正着地给安慰到了。

他失笑，声音磁性微哑：“知道了。”仗着身高优势，唐泽辰拉住她的手腕，顺势把人揽进怀里：“谢谢。”

他的头正好搁在她耳侧，喷洒的温润呼吸让两人都有些不自在。

白知羽要庆幸天黑得恰到好处，不然她红得能煎鸡蛋的脸简直不要太明显。

唐泽辰内心复杂地握着这个丑到看不出和王冠有一丝一毫关系的五毛钱，心里头一次生出些柔软异样的情绪，他松手道：“能把王冠折得这么难看的，你也是头一个了。”

白知羽嘟囔道：“那你还我。”

唐泽辰一把收拢掌心，把东西揣好，笑道：“算了，五毛再少也是钱。”

## 05

“所以你用五毛钱就把老大给哄好了？”

工位上，胖虎一脸难以置信地看着白知羽，后者嘴里叼着根棒冰，坦然道：“老大是那种见钱眼开的人吗？不是五毛钱的问题，是本人，本阳光少女，治愈了他！”

胖虎：“……你没睡醒？”

十分钟后，胖虎觉得是他自己没睡醒。

因为一向独自跑专题的唐泽辰，居然通知让白知羽收拾好三天的换洗衣服跟他去邻省出差——胖虎得知此事后，尔康式握着白知羽的肩膀发疯："我给辰哥做了三年的校对啊他都没带我出过一次差！辰哥他对得起我吗！"

路过饮水机的唐泽辰淡淡道："三年里在本人坚持不懈地投喂之下你长了二十几斤——我对得起你妈。"

白知羽：……

胖虎：……

"而且白知羽的简历上写的，她大学的短跑成绩非常棒，报社就需要这种关键时候跑得比狗还快的人才，懂吗？"

胖虎彻底服气："我大学体育就没及格过。"

唐泽辰："还有异议？"

胖虎："无。"

这件事就这么被定下来了，可临出差前两天，工作狂人唐泽辰居然破天荒旷工了。

这时神出鬼没的柳棉喊了一嗓子："老大赶稿子赶到发烧，现在急需一名小天使给他送温暖，谁去？"

众人集体沉默，试问谁敢在月底这个赶稿赶到走火入魔的日子里去招惹唐泽辰？是嫌被训得不够多吗？

胖虎："哦天哪看看我这堆积如山的工作，我也太忙了！"

老猫："别看我，我要是不把照片选完就去会被老大直接 KO 的。"

高阳："我还有个采访稿没录。"

白知羽结巴了一下："我……"

柳棉把一串钥匙扔给她："你什么你，就你了，新人到月底屁事没有，况且老大这么栽培你，你忍心让他在家独自烧成脑瘫吗？"

白知羽只得无奈地爬起来，拿上钥匙，本着人道主义的精神接过

一口袋的感冒药，出门打车去了柳棉给的地址。

这还是她头一次去唐泽辰家，一个高档小区，进门时太鬼鬼祟祟还被小区保安盘问了半天。等她打开门时，一眼看见空旷的客厅和玄关，白知羽犹豫着小声喊了句：“辰哥？”

没人回答她，白知羽一边嘀咕不会真的烧傻了吧一边脱鞋进门。

整个客厅有种倔强式的直男审美，装修风格性冷淡就不说了，角落里那几盆干瘪到枯黄的绿植是怎么回事啊？

白知羽本着主人不在不要多看的原则，小心翼翼推开了主卧的门——

窗帘紧拉着，中央的大床上某个拱起来的生物不知死活，另一个枕头上还摆着一台打开了文档的电脑，瞧瞧这工作精神，真是劳模中的劳模。

“辰哥？老大？”白知羽踮着脚走进去，“还活着吗？”

她将塑料袋放在床头柜上，掀开被子一角，终于看见一张睡美男的脸——此时正因发烧面带薄红，脆弱地皱着眉头的老大一点也不刻薄了，当然好看还是好看的，白知羽蹲在床边，贪婪又羡慕地欣赏人家的好皮肤——怎么大家都熬夜就只有他不长痘？

直到她看了个够，昏睡中的唐泽辰忽然毫无预兆地睁开了眼睛。

白知羽心虚地移开眼：“你醒啦？”

唐泽辰动了动，被窝底下一阵窸窸窣窣，他哑着嗓子问：“你怎么来了？”

“组织派我来看看您是否还健在。”

唐泽辰：……

“看来还在。”

“别贫，胆子大了？”

白知羽摇头，看他坐起来靠在床边，就一样样把感冒药拿出来，按着说明剥开铝皮纸，唐泽辰要接过去的时候，她又忽然收回手，眼睛睁得溜圆地问：“老大你吃饭了吗？空腹吃药对胃不好。”

唐泽辰：“没。”

白知羽想了想：“你家有米吗？我给你煮个白粥垫垫？”

唐泽辰不怎么信任地看着她，白知羽则拍拍胸脯表示让他放宽心。接着她去厨房捣鼓了一阵，湿着手满脸自信地回来告诉他：“等三十分钟吧，很快就熬好了。”

两人一时相对无话，唐泽辰闭目养神，白知羽百无聊赖地坐在地毯上玩消消乐，房间里有熏香，静谧安宁。五分钟后，昨晚加班的白知羽打了个哈欠，十分钟后，唐泽辰的手背一重，一颗毛茸茸的脑袋搁在了他的手臂上，呼吸均匀地睡着了。

少女柔软的脸压着手背的那片皮肤，比他体温要低一点，唐泽辰看了眼她毫无防备的睡颜，睫毛微微颤动，垂落的头发遮住了她柔和的侧脸曲线，他心里一动，忽然觉得自己是该考虑考虑个人问题了。

唐泽辰最终没把手抽出来。过了会儿，他也睡着了。

等两个人都迷迷糊糊醒过来的时候，锅里的白粥已经煳掉了，顺带烧坏了他家的一只锅。

白知羽拿着黑乎乎的锅满脸欲哭无泪，唐泽辰面无表情道：“定制珐琅的，一个锅两万。”

“辰哥，你看我给你点外卖行吗？”

“一个锅两万。”

“海鲜粥您吃吗？”

“两万。”

“……辰哥我给你当牛做马来还债吧。”

“不需要，我有猫了。”

“那——”白知羽脸上还有两道红红的压痕，她估计还没睡醒，“那你还缺女朋友吗？会打扫、做饭、暖被窝的那种。”

唐泽辰定定地看着她，忽然勾起唇角，顺着话茬接道：“缺啊。”

白知羽：……

她瞬间清醒过来，脸色红成迪奥 999，“啊哈，辰哥我嘴瓢了，你别当真了。”

唐泽辰：“当真了。”

白知羽瞬间失了声，唐泽辰悠闲地说：“对了，还记得上次你给我的五毛钱吗？”

“记得，怎么了？”

“没怎么，记得就好。”

唐泽辰神秘地笑了一下，把手机扔给她：“点外卖吧，看最近订单那家。”

## 06

照顾人家没成还把人家的锅给烧了，然后顺便蹭了一顿饭，白知羽简直觉得自己不是人。

幸好临走时唐泽辰已经退烧了，坐在床上看稿子，白知羽边收拾

药盒边碎碎念：“消炎的药吃两颗，止咳的三颗，如果头痛就再吃一颗芬必得……辰哥？”

“嗯？”

“你有没有在听啊？”白知羽狐疑地嘟囔，站在床边伸长了手臂，摸了摸他的额头，“不热了，如果今晚还难受的话你再打电话给我。”

她伸手时衣摆不由自主地往上滑了一点，露出半截雪白细韧的腰，唐泽辰叹了一口气，别过眼：“知道了，我又不是生活不能自理。”

白知羽收回手的时候退了一步，正好踩到唐泽辰的鞋，整个人失去平衡往下一摔，手肘用力杵在了他的肚子上。

“唔！”唐泽辰被她压得痛苦闷哼，白知羽手忙脚乱地站起来：“啊！辰哥对不起！”

“你不想赔锅就想灭口是吗？”唐泽辰咬牙切齿地问。

白知羽哪知临走还给人致命一击，况且刚才慌乱中好像还摸到了他的腹肌——她满脸通红，从脸颊红到耳根子：“辰哥你没事吧？”

唐泽辰好整以暇地看着她：“担心啊？”

白知羽点头，眼神扑闪扑闪地落在他身上。

这回轮到唐泽辰失语了，“持枪”的当事人还犹自懵懂，而他已经击中了心脏。

唐泽辰叹了一口气，道：“服了你了。”

白知羽落荒而逃。

好在出差那天他的病就已经好得差不多了，并且胖虎告诉白知羽，他那个号称两万的锅其实是在宜家九十九买一送一的。

07

这次的专题是调查邻省一个县里环境污染的问题，那地方既没化工厂也没加工厂，就是频频有人上报环境污染严重，唐泽辰准备带白知羽走一趟，看看怎么回事。

他们下了飞机又转火车，下了车还得转大巴，地方简直偏得可以。

坐火车的时候唐泽辰一改平日里严谨精干的形象，他不知道从哪换了一套 polo 立领衫，搭配小脚裤豆豆鞋，就算有那张脸撑着场面也让白知羽觉得辣眼睛。

然而就是这样一副形象，让他在火车上广受大妈喜爱，拉着他问长问短，唐泽辰也不面瘫了，开始套起话来，问她们在哪里下车，又问最近村里环境怎么样。

整趟车程，大妈和他聊得可开心了，他连大妈家住几组几号家里养了几头猪都一清二楚。

最后热情大妈拉着他死活要给他介绍对象，白知羽坐在下铺，远远地看见唐泽辰似乎指了指自己，大妈一脸狐疑，唐泽辰说："没骗您，真是我对象，和我出来玩，吵架了，闹别扭呢。"

大妈只得作罢。

过一会儿，他了解得差不多了，走回车厢，压低声音对白知羽说："待会儿配合一下。"

白知羽没反应过来，就被他牵住了手。

唐泽辰的手上有常年握笔的茧，干燥温暖，白知羽下意识缩回了手，唐泽辰追过来又牵住她："演戏给那人看，别露馅。"

纵然是演戏，但白知羽还是脸红了，不过在大妈眼里就是小两口吵架气红的。打消了大妈的怀疑后，直到下车，唐泽辰才松开她的手。

下车后，唐泽辰换零钱买车票的空隙，解释道："那阿姨死活要我留个联系方式给她女儿，我就告诉她我有对象了，大妈不信，要我指给她看，我就指了你。"

手上还残留着他的温度，白知羽"哦"了一声："……那你没留吧？"

唐泽辰似笑非笑地看着她，她嘴硬道："我是担心你泄漏了个人信息不安全！"

"是吗？"唐泽辰憋着笑，忽然扔了张折得歪歪扭扭的五毛钱过去，白知羽疑惑道："什么意思？"

他慢悠悠地说："自己想。"

片刻后，终于回归正题，唐泽辰问她："记得大妈说的话吗？"

"记得。"白知羽说，"村里绿水青山，环境倍儿好，老大，你的情报是不是有误，咱们白跑一趟了？"

"不一定，这事有蹊跷。"唐泽辰谨慎地摇头，"咱们要小心为上，你把录音笔都藏好，设备包好保鲜膜。"

最近气温骤降，白知羽一下车就打了个响亮的喷嚏。

他俩伪装成不务正业的小游客，唐泽辰脖子上挂一个相机，去找旅馆的时候就跟一没见过世面的文青似的到处拍，围着旅店拍了一圈，拍得前台脸色都不耐烦了，他才满意地回来："乡下环境就是好，蓝天白云，城市里比不上啊比不上。"

白知羽清晰地看见前台翻了个大大的白眼。

等上楼之后，放好包，唐泽辰漫不经心地说道："以后出差，凡是找住处，一定要注意观察周围环境，最起码准备两条以上的逃跑路

线。”

“你刚才就在观察这个啊？”白知羽说。

“不然呢？”

“我以为你演戏上瘾了……”

不过他说的白知羽都一一记下了，这些可都是宝贵经验啊。

下午他们装作采风拜访了一两家制茶的小作坊，都不正规，是本地人自家开的。有一家姓姚，唐泽辰买了三百块的茶他们才派了个能说普通话的年轻姑娘出来给他们介绍茶源。

那姑娘神情冷漠，看见他们时却目光一闪，白知羽直觉有问题，立马热情地拉着她问东问西，发挥了她平时说废话的本领，愣是问了十多分钟才走。

出门时，那姑娘又被姚家的人带回楼上了。

走回旅馆了，唐泽辰才问道：“怎么样？”

白知羽松开了一直攥紧的拳头，掌心赫然躺着一张已经汗湿的纸条，是刚才那个姑娘塞给她的，唐泽辰目光一凛，上面用潦草的字体写着——

拐、多、救。

白知羽头一次干这么紧张的事情，刚才那姑娘把东西塞她手里时，她生怕露馅儿，到现在腿肚子还直打战。

唐泽辰伸手摸了摸她的头：“干得不错，我们可能误打误撞接触了一桩拐卖妇女的案件。”

“老大，现在怎么办？”

“——我晚上再去仔细了解一下，你在旅馆等我，时机不对就先

通知胖虎他们，然后赶紧报警。”

当晚，唐泽辰带着钢笔伪装的录音笔又去了姚家，谎称他要订几百斤茶叶。白知羽在旅馆忐忑地等了两个小时，他才回来。

唐泽辰脸色凝重：“的确是拐卖来的，据她说村子里还有好几家媳妇都是买的，这案子得报警，我都保留录音和视频为证了。”

白知羽心脏怦怦直跳：“刚才我在窗户看见总有人路过，还贼溜溜地朝旅馆里看。”

“打草惊蛇了。”唐泽辰当机立断，“收拾东西，走！”

他们火速收拾好设备，刚打开门，听见楼下一通吵闹，一群人挤在前台，还有拿着棍子和锄头的。唐泽辰闪身进门，拉着她走到窗边，把要紧的摄像机背在身后，打开窗户率先跳了下去，好在住的三楼，白知羽一咬牙，也跟着跳下去了。

村民很快察觉外面的动静，叫嚷着追出来，唐泽辰骂了句脏话，拉着白知羽的手奋力朝前跑：“老大，要报警吗？”

“没用，先跑到国道上！”

后面追的村民越来越多，还有人朝他们扔木棒柴火，唐泽辰眼疾手快地帮她挡了一下，棍子敲在手骨上一声闷响。

毫不夸张地说，白知羽一颗心都快从嗓子眼里蹦出来了。快到村口时，唐泽辰一把将她推上一辆事先藏好的摩托车上，白知羽眼泪都快要出来了：“辰哥，要走一起走！我绝对不会留你一个人的！”

“废话！”唐泽辰转身跨上去，“少看点脑残电视剧，没人开车你走得成吗？”

话音未落，摩托车引擎声响，白知羽抱紧他的腰，把头埋在他背

上，大喊：“老大！”

“抱紧了！”

摩托车轰鸣而去，将村民留在了身后。

唐泽辰的背替她挡住了所有冷风，猎猎的风吹乱了她的头发，她在冷风中狂喊：“辰哥，你又救了我一次！啊啊啊我真的当牛做马报答你！”

满布繁星的乡村小道上，唐泽辰说：“都说了不缺宠物！”他把车速开到一百码，白知羽心脏狂跳，用力抱紧了他。

08

一个小时之后，出了国道，接到报案的警察也碰上他们了，唐泽辰总算松了一口气。

警车上，警察简单了解情况后，让他们上车先休息。

她坐在唐泽辰身边，警车开动后正好转弯，离心力把她甩到唐泽辰身上，后者倒吸了一口冷气。白知羽这才想起来刚才他帮她挡过木棍：“老大！手没事吧？”

唐泽辰的声音故作轻松：“没断，小问题，你不会哭了吧？”

白知羽吸着鼻子，说：“老大，你要是手断了我就当牛做马伺候你。”

“……你的志向能和牛马脱离关系吗？”唐泽辰无奈地捏了捏她的脸，“我不缺宠物。”他顿了顿，“倒是缺个女朋友。”

白知羽呆呆地看着他：“什，什么意思？”

唐泽辰淡淡道：“你都收了我的钱，还不知道是什么意思？”

“啊？”白知羽没反应过来，“那五毛钱吗？什么意思？”

她早忘了自己曾经用一个五毛钱折出丑丑的王冠哄唐泽辰开心的事，唐泽辰擦掉她的眼泪，说：“笨，凑一块的意思。”

她脸色爆红，唐泽辰笑着继续问道：“家里有只猫，也不缺牛马，就是缺个女朋友，你来吗？”

白知羽噙着眼泪看他：“……女朋友要是写错了稿子你帮改吗？”

唐泽辰说：“帮。”

她破涕为笑，伸手摸到兜里揣的五毛钱：“那我来！”

未来充满不确定，但在这个夜晚，理想不息，爱情不灭。

END

# 河有珍馐

文/茶茶好萌

人气作者，有趣的打字机，主写都市现代言情小说
微博@茶茶好萌

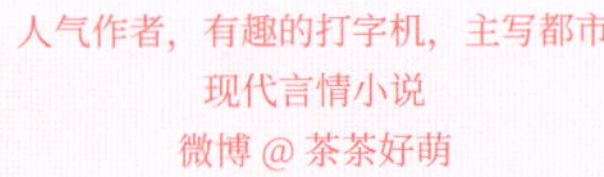

01

等终于校对完手里的稿子，天色已暗。

赵嘉禾摘掉眼镜的一瞬，目光就涣散了，她将视线无意识地停留在不远处的玻璃门上——里面的主人已经半个月没有回来了。

那次庆功宴后，他就马不停蹄地出差去了。

其实这样也好。

碰不着面，也省得尴尬。

赵嘉禾微微眯眼，不知想起什么，眼里闪过侥幸，但之后又是一阵失落。

不过她惯会自我安慰，没一会儿神情又放松下来，关了灯，拿了包，下楼回家。

赵嘉禾是宏城本地人，毕业后家里就给她买了间小公寓，地段不错，离律所近，开车不过二十分钟就能到。

夜晚碰上堵车，赵嘉禾也不急，慢吞吞地挪，正好赵母来电，她犹豫着，还是接了。

“你还在忙呢？”

“没，回家路上了。”

“怎么又搞到这么晚。”

“所里刚接了一个大单，也就这几天忙点。”

赵嘉禾说的大单是他们律所和宏城最大的地产公司达成合作的事，此单一成，打响了律所名气不说，创收更为可观。

半个月前的庆功宴，庆的就是这笔单。

但赵母心思显然不在这儿，插科打诨了两句便亮出自己的目的："那你什么时候能忙完？上次让你去见见王阿姨家的小朋友你就推托说忙，人家看了你照片可是好中意你的嘞。”

果然，又是相亲的事。

赵嘉禾疲惫地闭上眼，心想自己二十七岁的生日都还没过呢，怎么到赵母那儿就成了人老珠黄呢？

她叹了声气，实在拗不过，只能应下来："这个月忙，等到下个月再找个时间见面吧。”

晚上加班没吃饭，进小区前赵嘉禾停车在门口小店打包了碗鲜虾馄饨。

馄饨汤的香气弥漫一路，赵嘉禾饿得不行，在电梯里就想着一会儿吃馄饨时要配什么小菜，她记得冰箱里好像还放着一些凉拌海带来着……

“叮”的一声，电梯门开了。

楼道里的灯坏了不是一天两天的事了，前阵子赵嘉禾才找人在门前安了盏小灯，走出电梯时正要去摸墙上的小灯开关，却被吓了一跳——

她家门前站了个人！

赶在她尖叫之前，对方先开了口。

“怎么现在才回来。”

赵嘉禾：……

赵嘉禾这才闻到一丝熟悉的烟草香味，她垂眸看男人脚边的商务行李箱，头脑打结，冷不丁反问：“你怎么知道我住这儿？”

彼时电梯门合上，唯一的光亮消失，俩人在黑暗中面面相觑，连呼吸都变得相近。

“送你回来过。”男人沉吟片刻，补充道，“两次。”

赵嘉禾哑口，是有这么回事。

只不过她不太习惯这样的压迫，在看不清人脸的情况下，他的声音极具侵略性，像钟鼓似的击打她的神经。这让她倍感狼狈，以至于本能地后退了两步，然后叫出他的名字：“裴臻。”

裴臻“嗯”了一声，眼神扫过她手上的香味来源，他侧了侧身子，语气不容置喙。

“开门。”

## 02

赵嘉禾有点蒙。

她忘了饥饿，从鞋柜里拿出男士拖鞋的时候还不忘解释：“这是我爸的鞋。”赵父有时会过来看她。

好一会儿头顶都没有传来回应，她茫然地抬头，却见裴臻似笑非笑地看她。

她莫名尴尬道："你介意吗？"

裴臻似乎很享受看到她愣怔的表情，他嘴角倏而弯了弯，说："不介意。"

赵嘉禾看着他的背影，仍沉浸在他刚才的那抹笑里，真奇怪，明明她才是这儿的主人，怎么裴臻一进来，她就变得哪儿哪儿都不对劲了呢？

公寓不大，裴臻看了个大概。麻雀虽小，五脏俱全，边边角角均充斥着女主人的生活气息，杂乱有序，干净整洁。

俩人洗了手，回到客厅，裴臻在沙发坐下，问赵嘉禾："今天不是周五？我看群里，都说今天会提早下班。"

赵嘉禾眨眨眼，在他旁边坐下，又拿了枚茶几上的柑橘，边剥边说："接到个新案子，白天去派出所取了证，不想拖到下周，就想一次性弄完。"

她剥皮的速度很快，话音未落，就有两瓣干净的橘肉递了过来。

裴臻微顿，接过，没有立刻吃，而是问起她新案子的事。

赵嘉禾如实作答。

不过小事件，她处理得不错，裴臻听完，只点了两句，方才往嘴里送柑橘。

无籽，很甜。

解决完一枚柑橘，看到裴臻微微蹙眉，赵嘉禾慢半拍地想起裴臻并不是个嗜甜的人。

她懊恼，这也怪她不在状态，手边有什么就做什么，从进来后就完全凭潜意识支配身体，真是有够丢人的。

"我给你倒杯水吧，加片柠檬？"

裴臻没有拒绝，点了点头，就放松地躺进了沙发。

他看上去很累。

赵嘉禾匆匆看过一眼，连忙去厨房倒水，无奈水壶空空，只能重新烧，她站在料理台前，一想到裴臻就坐在客厅，便觉得不可思议。

那是裴臻啊。

业界无一差评、一往无前的裴臻。

她多幸运，入这行有多久，待在裴臻身边就有多久。

他是她的学长，是她的前辈，是她的 BOSS，是她的伯乐。

从一开始的萌新到现在的老手，她能走到今天这一步，裴臻功不可没。

七年了，他们认识七年了。

但她自认始终没能看懂他。

他好像离她很近，却又好像离她很远。

尤其是庆功宴那晚——

他们明明发生了关系，可是到头来，对那件事耿耿于怀的，似乎就只剩了她一个而已。

## 03

裴臻一下飞机就驱车来到了赵嘉禾的住处。

半个月连轴转，他很累，只想休息。

可惜人到门前，她却不在家。

掐指算算，他送她到家门口的次数并不多，总共只有两回。

一次是因为聚餐结束太晚，一次是因为律所通宵加班。

想来很稀奇，偌大的小区林立着几十栋一模一样的单元楼，他偏偏就是能精准地找到她的住处。

即使她不在，他也没怀疑过自己是不是找错了地方。

他并不是个很有耐心的人，在时间观念上把控甚严，像今天这样空等将近一个小时的行为，对他来说简直罕见。

但他出奇的平静。

赵嘉禾从电梯里出来的时候，他刚结束一通家里的电话。

他从暗处看向她，她不过身着普通工服，却架不住她身材姣好，衬衫半裙也能穿得前凸后翘。唯一违和的，怕是只有她手里拎着的那份外卖了。

说到外卖。

裴臻睁开眼，在玄关的鞋柜上找到它。

应是凉透了，前不久还在散发香味的浓汤这会儿已经完全失去了它的威力。

而赵嘉禾还没将那杯加了柠檬片的水端出来。

他站起来，走去厨房。

“怎么倒个水都要这么久。”

只见背对着他的女人手一抖，倒了半杯的滚烫白水险些洒出来。

裴臻心一紧，两步过去便接过热水壶。

赵嘉禾心有余悸，却不是因为热水，她道：“没水了，要重新烧。”

裴臻低头看她，自然看出了她的心不在焉。

他像是随口一问：“在想什么。”

而她撞了邪，竟也随口一答：“你。”

他忍不住笑：“哦，是吗？”

不出意外地看她两颊通红，他心情一下好起来。

空等一个小时，其实也没什么大不了的。

水喝完了，工作的事也说完了，眼看着裴臻拿出了笔记本敲敲打打，赵嘉禾对着墙上的时钟，欲言又止。

……怎么裴臻还不走啊。

赵嘉禾望向不远处的那只小小行李箱，再度陷入茫然。

这算什么意思？

身上的工服穿了一天，皱巴巴地贴在身上，并不舒服。照往常赵嘉禾一进门就能让自己恢复一身轻松，现在家里多了一个男人，她无所适从，连澡都不好意思洗。

“那个……”

裴臻应声抬头，他戴了副抗蓝光的平光眼镜，无框，看上去少了几分凌厉，多了几分儒雅，赵嘉禾深深地吐出一口气，尽量自然地道：“快十点了。”

言外之意，你该走了。

然而裴臻却一动不动，只是抬了抬眉梢看她：“你在赶我走？”

“我没有。”赵嘉禾连忙摆手撇清关系，她一言难尽地看他，心中羞耻，总不能说什么孤男寡女共处一室貌似不太好吧？

“我的意思是，”她干巴巴地道，“你太晚开车回去，会不安全。”

“确实不太安全。”

“啊？”

赵嘉禾一愣，听裴臻这么说，怎么好像和她想表达的意思有所偏差啊。

“所以你房间在哪里？”裴臻对着这只有一间卧房的公寓明知故问。

赵嘉禾：……

04

赵嘉禾虽然经常因为对方是裴臻而智商降低，但该清醒的时候，她比任何人都有原则。

“裴律，这好像不太对吧？”

“哪里不对。”

“哪里都不对。”

赵嘉禾看着裴臻，透过他，想到的却是庆功宴那晚。

她酒量不好，整个律所都知道。所以一整晚，她滴酒未沾，全程喝的都是鲜榨西瓜汁。

于是在散场的时候，作为裴臻的特助，送喝醉了的裴臻回家的重担毫无意外地就落在了她的肩上。

她自是求之不得。

以至于亢奋一整晚，忘了分寸，看他在氤氲暖光下无限好接近的温和模样，鬼使神差地就吻了上去。

结果裴臻突然掀起眼皮看她。

“你在做什么？”

哪有半点醉酒的样子。

她吓个半死，刚要道歉，却被狠狠一拽，右脸撞进男人胸膛——后果不堪设想。

一切的混乱都要怪那盏会唬人的落地灯光。

后半夜赵嘉禾被渴醒，看到枕边人的模样，还以为是做梦。

她自认捡了大便宜，又不想面对早起时无言相对的尴尬，天还没亮就忍着酸痛收拾战场，落荒而逃。

直至上了出租车，她都还在想，成年男女，这等小事，不足挂齿。

只是这么想，心里却又百般不甘，甚至酸得像被泡进了柠檬水里。

她喜欢裴臻很久了。

有多久呢?

两年? 三年? 也没个具体数字。

这东西太抽象，她说不上来，可就是喜欢。

她喜欢他有事的时候第一个想到她，喜欢他和她小声透露内部消息，喜欢他不经意间开的一个小玩笑……

这份细微的情绪从某一刹那破土而出，从后肆意滋长，便怎么收也收不回来。

而裴臻却是一直没个定数，外界流传他的女友一个接着一个，虽然在他手下干活后她是一个也没见着，但那些谣传太过真实，她庆幸之余只当是裴臻没把她当自己人，又或是藏得太深。

也许那晚对他来说不过是个再寻常不过的夜晚，可对她而言却是一个与众不同的转变。

春日湖水结了冰，石子便不能再丢进去。

有些心思放出太多会狼狈，也是时候收回来了。

说来凑巧，也不知道是不是老天爷都怕他们尴尬，第二天上班她愣是没能等到裴臻。

他去邻省开会了。

而她自然也不用向他表演自己练习了几个钟头的若无其事。

可她并不轻松，只觉得失落。

事情到这儿，可能真的就要点到为止了。

本来么，饭菜不趁热吃，迟早要凉。

赵嘉禾不觉坐直了身板，她做了半个月的心理建设，总不能裴臻说来就来，说走就走。

“裴律，那晚的事就是个意外，我觉得我们还是当作……”

没等她说完，裴臻就抬手打断了她的话头。

“如果我说，不是意外呢？”

“什么？”

“你了解我，我一向喜欢当面把事情说清楚。”

裴臻一脸认真：“如果你是怪我这半个月没有向你表态，我向你道歉。”

赵嘉禾呆怔。

可能是裴臻都觉得自己语气太过生硬，他转念想了想，忽而握住她的手。

“所以原谅我，好不好？”

## 05

裴臻到底是留下来了。

单身公寓就这么点地，裴臻人高马大，睡不了沙发，赵嘉禾也没有矫情地说自己去睡沙发，她从柜子里拿出了一床被子，铺开时她听着浴室里边传来的水声，依旧觉得不可思议。

事情怎么就走到这一步了的?

她这里又小又挤，远不如裴臻那间大平层来得宽敞舒适，可他却愿意在门外枯等她一个小时,甚至是弓着腰去迁就那间狭小的卫生间。

他图什么呢?

赵嘉禾低头看了眼自己的小熊睡衣，下意识捂紧胸口，总不能是图肉体吧?

赵嘉禾半躺在床上翻书，有一搭没一搭地脑补，无奈想得越远，眼前的字就越花……

裴臻洗完澡走进卧室,第一眼看到的就是歪在一边睡着的赵嘉禾。

心真大。

裴臻在她身侧蹲下，轻轻地帮她调整了一下睡姿。

她无疑是好看的，眉眼干净，皮肤细腻，在光下毛茸茸的。

他忍不住用手摸了摸她的脸。

是很软乎。

就是性格太轴，容易转进自己的认知怪圈。

他今天其实也不是非来不可，只是一想到她可能会因此而缩进龟壳，他就有些好笑。

在他出差这段时间里，她公事公办的态度实在让他啼笑皆非。

哪有人这么傻的，自己吃了亏还生怕他生气。

要装什么事都没发生过，也要看他同不同意。

毫无征兆的，赵嘉禾梦到了家里养的那条金毛。

她已经好长一段时间没有回家，梦里亦真亦假，金毛扑上来的时候，她被压得险些喘不上气。

这家伙又重了。

从小它就爱围着她转，记得大学的时候它刚被接来家里，小小一只，最喜欢趴在她肚皮上睡觉。后来它越长越大只，光是脑袋搁在她身上都让她压力山大，更别提像这样，一整只直接扑上来。

“欧文，别闹。”她笑骂了一句。

话音刚落，身上的压力消失。

赵嘉禾惊叹梦里欧文的听话程度，甫一睁眼，半梦半醒间，却见撑在她身侧的裴臻黑着脸。

他问她：“欧文是谁。”

## 06

裴臻并没有给赵嘉禾解释的机会。

他用自己的方式抵消了短暂的怒火。

风雨停歇，赵嘉禾将脸埋在枕头里，裴臻似乎说了什么，她没听清，就没应。

大抵是他食饱餍足，她的漫不经心并没有让他不快。

他换好衣服，走到床边帮她擦了擦脸上的湿润，再次重复自己刚才说过的话。

“我得去律所交个合同，你好好在家休息。”

赵嘉禾露出一只眼：“现在？”

“嗯，有没有想吃的？”

赵嘉禾眨眼，也就真的说出了名堂：“蛋黄酥。”

裴臻笑：“好。”

裴臻走后，赵嘉禾在床上足足缓了半个钟头才找回自己的魂。

她再次灵魂拷问：这到底算什么啊?

难道真的是男女思想悬殊吗?

在她看来奇怪又别扭的关系，为何放在裴臻那边就显得如此理所当然?

赵嘉禾腰疼头疼屁股疼，她拿来手机，手指飞快敲打，进了网页发起疑问：半个月前和上司不明不白地发生了一次关系，都还没讲清楚今天就又来了一次，这算怎么回事?

一大清早的，来回答的人不多，零零散散，不外乎都在说，她被潜规则了。

可是不应该啊。

赵嘉禾扪心自问，在这场关系的博弈中，分明是她占了便宜才对。

她皱着眉头回复：刚刚他还问我要吃什么，很体贴的样子，这又算什么?

网友便问：上司和你平时关系怎么样?

赵嘉禾：很照顾我，认识好几年了，大学的时候是我学长，毕业后我去他手下办事，他教了我很多。

网友八面玲珑心，很快察觉出她没有责怪所谓上司的意思，便有人问：上司帅不帅?

赵嘉禾眼前一亮，回“帅”不够，还加了两排感叹号。

网友：……

网友甲：哈，居然被钓鱼了。

网友乙：呵呵，来秀恩爱的吧?

网友丙：我也是有毒才一大清早地主动吃狗粮。

赵嘉禾：……

有时候赵嘉禾就是需要那么一点点的动力来推动自己前进。

结了冰的湖面再硬再厚也架不住砸过来的石头大，这不，才眨眼的工夫，冰面就出现了龟裂。

怪没出息的，可赵嘉禾却觉得欢喜。

就这么着吧。

如果可以，她愿意偷着这份快乐，一直没出息地过下去。

## 07

一盒蛋黄酥换一个月房租，怎么算，都是自己亏了。

但赵嘉禾乐在其中。

她的公寓很小，但凡第二个人的痕迹多出一点点，都是一目了然的清晰。

裴臻拿过来的东西不多，但足够起居，赵嘉禾把他的衬衫挂起来，和自己的挨在一起，她有自己的小巧思，男女衬衫交替着放，会显得异常亲密。

裴臻知道，但他并无异议。

赵嘉禾回想这一个月的同居生活，裴臻不是个话多的人，他的口才都用在了工作上，私下时间，他很安静，沉默寡言的同时，也不喜欢别人聒噪不已。所以大多时候，俩人的独处，往往是沉默以对，他做他的，她做她的，倒也和谐。

但这并不是说他枯燥无趣。

相反的，他总是知道怎么样可以让她陷入羞赧的境地。

他好似很喜欢看她脸红。

每每这种时候，他都会失控一些。

她是喜欢的。

喜欢到，可惜自己荒废了那几年，没有早点尝到他的这一份好。

这天赵嘉禾接了个活，下班回家后还在对着电脑奋战，裴臻晚她一步回来，也没打扰，回房换了衣服过后出来，然后默不作声地坐在她身侧，安静地看书。

这算是他们多年来独有的默契。

哪怕一言不发，只要在对方身边，就觉得安心。

这无关情爱。

“这里错了。”

赵嘉禾侧头：“哪里？”

她正在处理的是房产纠纷，老人留下一套大房子和一大笔保险赔偿，底下儿女子孙正想着怎么去分。

裴臻没有多话，直接半揽过她敲打键盘修改。

俩人一度挨得很近。

赵嘉禾出神地凝视着他的侧脸。

他真好看。

她这么想着，色心一起，又亲了上去。

一触即退。

裴臻笑，目光依旧专注，手上动作不停，等他终于改完，长手一伸就捏住她的脸颊肉：“胆肥了？”

她完全信任他，看也不看屏幕，就往他怀里蹭。

她说：“裴臻，你真好。”

看出她懈怠的心思，裴臻扬眉：“所以这算忙完了？”

“这案子不急。”

裴臻被她弄笑，稍微歪头，方便她咬自己脖颈。

脖子一时湿漉漉的。

他揉着她脑袋，只觉她身上无一处不软。

越碰，就会越上瘾。

08

宏城入夏后就笼进了无数燥热，办公区空调温度开得低，赵嘉禾披着毛毯，困顿得字都敲不成型。

她中午没睡好，何况天热，最容易催生瞌睡虫。

裴臻开会出来，远远就看到她在工位点头钓鱼。

他不禁好笑，转头让人去买下午茶醒神：“我请客。”

老板请客，底下的人都没客气，纷纷兴起下单。

唯独赵嘉禾，她太困了，趁着别人狂欢，她趴桌就睡。

直到胳膊被一抹冰凉蹭上，她半眯着眼抬头，猛然清醒。

是裴臻。

他一手举奶茶，一手提蛋挞，然后再自然不过地放她桌上，身子靠坐桌沿，他弯指碰她面颊：“就这么困？”

赵嘉禾吓了一跳，连忙张望，生怕被人瞧见。

律所的人都不知道他们的事，这些日子他们上班都是分开走，至于为什么这么做……

尽管赵嘉禾不愿承认，她也还是要面对她的胆小怕事，以及对自己和裴臻这场关系的不信任。

裴臻见状，眸色微沉，却只是向她推了推纸盒包装的蛋挞："都在会议室吃东西呢，就你一个在这里偷懒。"

赵嘉禾松了口气，她努努嘴，喝了口奶茶："昨天睡太晚啦。"

语气不无抱怨。

裴臻哂笑："怪我？"

赵嘉禾脸一红，倒也不敢在这里和他争。她小小幅度地推他："好啦，你去工作吧，我现在不困了。"

裴臻只是看着她，不动作，也没说话，就在赵嘉禾以为自己是不是说错什么了的时候，他却站了起来。

"嗯。"

他想到什么，"这两天我可能过不去你那边了。"

赵嘉禾脱口而出："为什么？"

裴臻终于恢复了正常的笑。

"回家一趟。"

虽说朝夕共事，但赵嘉禾并没有过多地去干涉裴臻的私生活。

他说他要回家一趟，她也不多问，只乖乖地喝他给的奶茶和蛋挞，慢慢等下班。

"嘉禾！嘉禾！"

听到有人叫自己，赵嘉禾探出头来，只见前台小A拿着几个包裹，满脸八卦气息。

"怎么了？这么兴奋。"

小A给她递了个包裹，她接过签收，却听小A压低了声音说："你猜我刚刚看到谁了？"

赵嘉禾突生不好的预感："谁？"

"裴律的绯闻女友！"

赵嘉禾脸色一白："你说谁？"

小A心大，没发现她的不对劲，嘴里还在喋喋不休地八卦，这段时间所里都在传裴律疑似恋爱的消息，但没人敢问，今天见到了人，也算得到证实。

"一个大美女，开辆跑车，远远就看到她往裴律身上扑……"小A搓了搓手臂上不存在的鸡皮疙瘩，"光天化日之下，也不怕被人看见，没想到裴律居然是这种人。"

赵嘉禾耳边嗡嗡地响。

她其实有想过的，说不明道不白的关系终究是要结束的。

只是没想到会来得这么快。

## 09

回到公寓后，赵嘉禾把家里彻彻底底地做了一次大扫除。

裴臻的东西她给整理到了一边。平时不觉得，这么一归整，她才发现原来他往她这里塞了那么多东西。

赵嘉禾觉得自己怎么也应该要给他打电话说清楚才是，像这样不明不白的结束，也太让人气闷了。

可她一想，他不喜欢在电话里说事情，又只能作罢。

真要命，都要分开了还要去考虑他的感受。

赵母的电话就是在这个时候打进来的。

“宝贝，你之前不是答应了这个月要找时间和王阿姨那个儿子碰个面的吗？这个月都要过去了呀。”

赵嘉禾恍神，她还真的忘了。

“可我现在没心思见啊妈妈。”

“你有什么好没心思的？又不是说一定要成，就吃个饭怎么啦？多交个朋友也是好的嘛。”

赵嘉禾打扫了几个小时，早就累了，她倒在床上，头疼得厉害，便一声不吭。

无奈赵母没听出她的疲惫，这次的她远比前面几次来得强硬，二话不说就替她下了决定：“明天周六，你给我腾出晚饭的时间，就这么定了。”

说完就挂，赵嘉禾连反驳的机会都没有。

关于相亲这回事，她并非新手，自从她三年前恢复单身，赵母就真正地踏入了警备地界——生怕她会没人要。

看着黑了屏的手机，赵嘉禾耳边回响起白天小A八卦过的内容，不由自暴自弃地想，他能和别的女人搂搂抱抱，自己不过是去相个亲，八字没一撇的事，其实也没什么吧？

赵嘉禾去相亲了。

她没怎么打扮，擦了防晒，套了件普通的裙子就出了门。

只不过也不知道裴臻是不是在她身上装了雷达，她一出门，他的电话就打了进来。

他问她在哪里。

“在外面。”

“去哪儿？”

他语气淡淡的，赵嘉禾却听得莫名上火，她闷着声：“和人吃饭。”

“和谁？”问完裴臻又说了个人名，是她好友的名字。

赵嘉禾喉间微涩，嘟哝道：“你不认识的。”

“……你怎么了？”

裴臻终于发觉她语气里的烦闷，他声音放轻：“是不是遇到什么不顺心的事情了？”

赵嘉禾怕自己再说就要破功，她深吸了一口气。

“没有。”

然后就挂了电话。

这次的相亲对象，比之前相过的几个条件都好。

赵嘉禾却心不在焉。

她没办法集中注意力，全程不在状态，答非所问。

估摸是她拒绝得太明显，对方有所察觉，也没强求，意思意思留了个联系方式交差，便悻悻作罢。

但最后他还是送了赵嘉禾回家。

吃饭的地方距离住处不远，车子很快抵达目的地，俩人在车上客套了两句，也就两分钟的工夫。赵嘉禾下车，目送车子离开，她在原地许久未动，只踢了踢脚边的小石子，觉得无趣。

“舍得回来了？”

身后猛地一道男声，吓得赵嘉禾汗毛都竖了起来。

她回头，却见裴臻隐在树影下，脸上轮廓分明，不耐意味凸显。

他手里夹着根燃了大半的烟。

显然等候多时。

## 10

赵嘉禾和裴臻吵架了。

说是吵架，实则冷战。

想想也是，任谁发现自己女友背着自己和别人相亲，都应该要气一气。

但赵嘉禾就是觉得委屈。

她和裴臻的关系不明不白就算了，怎么他就可以招蜂引蝶她却不可以相亲?

只可惜她还没来得及反驳，裴臻就发现了她收拾出来的那一箱他的东西。

“赵嘉禾，你过来。”

裴臻很少会叫赵嘉禾全名，细数下来，他叫她最多的，居然是宝贝。

这从某个角度来看，算是一种失败吗?

赵嘉禾面无表情地过去，理不直气也壮：“干吗？”

裴臻反被气笑，指着那一箩筐的东西，问她：“你这什么意思？”

“你觉得是什么意思就什么意思。”

裴臻一看她这样就来气，他一把抓过她的手，“你去和那人相亲你还有理了？”

手腕很痛。

他生气了。

这样的认知让赵嘉禾突然就掉了眼泪。

她嗫嚅道：“你凶我。”

她一声不响地掉眼泪，裴臻惊得手一松，哪还记得跟她怄气，揽过她的腰就往腿上抱：“我还什么都没说，你怎么就哭了？”

赵嘉禾盯着他，冷不丁埋头进他颈窝，骤然一咬——

听他倒吸一口凉气却不躲不避，她撤开嘴，小声道：“明明是你不对。”

她很小声，但裴臻还是听到了。

他隐约觉得不对，这点不对从昨天她说太困不肯接视频开始就有在发酵。

“你是不是听到什么不好的事了？”

赵嘉禾茫然地看他：“还能有什么不好的事？”

裴臻沉默。

只听她继续说：“你是说昨天接你下班的那位大美人吗？”

裴臻：……

俩人无言以对半晌。

“你就因为这个？”

赵嘉禾蹙眉：“什么意思？”

“赵嘉禾，”裴臻忍笑，“那个人是我小姨妈。”

赵嘉禾：……

裴臻帮她把眼泪擦了：“哑巴了？”

赵嘉禾头更疼了。

“你唬我的吧？”

裴臻眸色一沉：“我在你心里就是那种人？”

“不是……”

赵嘉禾一时理亏，就要从他身上下来，却被制止：“你给我坐好。”

裴臻觉得他们有必要坐下来好好地谈一谈。

“我就问你，既然有所怀疑，为什么不直接去问我。”

赵嘉禾喃喃道：“你不是喜欢什么事情都当面说吗？”

“可刚才见到我的时候你并没有选择问我。”裴臻捏着她的下巴去看角落的行李，“如果你没有不分青红皂白地给我定罪，那么那箱东西是什么意思？赵嘉禾，你打从一开始就不相信我。”

“可是……”

“包括在律所也是，”裴臻没有给她反驳的机会，“你甚至不愿意让别人知道我们之间的关系。”

赵嘉禾立即抓住重点，她微微挣扎起来：“所以你想我怎么说？”

她一字一顿：“我们之间算什么呢？”

情侣？同事？还是室友？

她是真的在问，裴臻只觉荒唐。

他瞳孔微缩：“这都一个月过去了，你现在还问我这个问题？”

## 11

裴臻也忘了自己是什么时候开始注意赵嘉禾的。

初识赵嘉禾，那年她大二，他保研，俩人先是因为导师的关系认识，再后来，是因为几场模拟法庭才有了更多的交集。

她是个极具感染力的女生，只要有她在，气氛就不会冷场。

他想他那时候就已经对她有所好感了。

只是她当时并非单身，而他也没有兴趣做第三者，便歇了心思。

没想到兜兜转转，他们还是走到了一起。

其实早在今天以前，私底下关于他们的流言就已经在扩散。他对她确实特殊，而且是那种自然而然的潜移默化的特殊。

这份特殊，特殊到就连他这个当事人都没能第一时间发现。

往深了说，他对她其实很依赖。

有时当局者迷，旁观者清。他不聋不瞎，关于道听途说，自然略有耳闻。

大概是大学时期的小心思没有彻底熄灭，他并没有澄清的意思。

直到他在楼梯间听到她亲口和电话那头的人说自己没有心思谈恋爱，他才就此打住，让底下的人别再乱说话。

所以说，如果不是庆功宴那晚，他和她也许也走不到今天这一步。

整个过程唯一让他哭笑不得的，应该就是她觉得是她占了他便宜这一说了。

到底是谁占谁便宜?

那晚她趁他半醉，推心置腹说了一通，说什么崇拜，说什么感谢，说什么喜欢，该说的说了，不该说的也都说了，导致他就是想醒，也怕醒了她会羞耻得无地自容。

他独独没想到她会吻他。

于是接下来事情就变得顺理成章。

事到如今，裴臻不得不佩服赵嘉禾钻牛角尖的能力。

“我以为我第一次来找你那天，我们之间的关系就已经算是确定了。”

他无奈地笑出声：“赵嘉禾，我有没有说过，你真的很轴。”

轴到，非要人把结果缓慢清晰地读给她听，她才能彻底放心。

但他知道，她是因为太过重视，所以才会小心翼翼。

赵嘉禾听他这么说，终于理解了为什么自己总是觉得不自在，他却适应得如鱼得水的原因。

敢情脑回路都不一样。

在她表面笑嘻嘻心里哭唧唧的时候，这人压根就是一根筋。

他觉得有些事情不必言明，你知我知就是最好的安排；而她却觉得有事就要说事，含含糊糊的算怎么回事?

她张了张嘴，想长篇大论，话到嘴边却只剩下一句：“那我们现在算是在一起了吗？”

裴臻抚额，无力地笑：“你觉得呢？”

她也顾不得被他笑轴了，揉着他的脸便威胁：“我要你说。”

他只得拉下她的手，握紧。

“算，我们在一起了。”他说。

END

雕刻心动时光
剪下有惊喜

# 和男主的18种人格谈恋爱

文 / 杨梅牛肉干

脑洞无限大，上能九天揽月，下能四海捉鳖，努力靠写文发家致富的小透明

## 01

方晴晴知道了一个秘密，大秘密！

她心神不定地看着指针轻轻转到五点，墙上的钟发出了一声清脆的声响，才长舒了一口气，以迅雷不及掩耳之势收拾好自己的东西，快速移动到大门。

胜利的曙光就在眼前，她半只脚已经迈出大门了，忽然被主管叫住：“晴晴，总裁叫你到办公室去一趟！”

方晴晴心里“咯噔”一下，僵硬地转过身体，冲着主管心虚地笑笑：“我一个普通的小职员，八百年见不到大BOSS一次，总裁找我能有什么事啊？我就这么去总裁办公室不好吧？”

主管连一个眼神都没给她：“有什么不好的？你又不是什么大美女，难道还会和总裁传绯闻吗？就算传绯闻，吃亏的也是总裁吧！你们这种小姑娘年纪轻轻的不要整天做什么霸道总裁爱上我的美梦，本来脑容量就不够，装点有用的东西吧！”

方晴晴：……

好吧，这毒舌……很主管了！

方晴晴一步一步地挪向总裁办公室，

脑中不自觉回忆起昨天晚上的情景。

昨天她工作没做完就留在公司加班，中途主管给她打电话，让她把桌子上的文件拿到总裁办公室去签字。她走到门口，刚要敲门，就听见屋子里传来说话声。

方晴晴有点疑惑，她一直在外面办公，没见过有人进入总裁办公室啊！

“谁让你勾搭那个女明星的？如果我不及时出现，你是不是已经准备和她睡了？”

“不会，毕竟她的长相还不够让我提起兴趣来。”

“那你昨天晚上处心积虑地带她到酒店干什么？”

“恶心你啊！”

听着以上带有复杂剧情的对话,方晴晴差点以为自己来错了地方。

抬头看看门口的职位牌——总裁办公室，没错啊！

她能确定，听见的说话声就是总裁苏少谦的声音，而且对话双方……都是他的声音！

“咣当”一声。

方晴晴的鞋尖不小心踢在了门上，发出一道不大不小的声响。

“谁在外面？”

方晴晴暗叫一声不好，连文件也来不及顾上，转过身匆匆忙忙地就往外跑。

一直到了家，猛灌了好几杯水，她才慢慢镇定下来。

她不确定苏少谦有没有看见她，万一真的看见了……她不会像电视剧里演的那样被灭口吧！

方晴晴就这样忐忑了一晚上。第二天上班的时候，辞职信都准备好了，但是一到办公室她又舍不得起来，她有点侥幸地想自己跑得那么快，万一苏少谦没看见是谁呢？

然后……她就悲剧了。

在即将下班的时候她被叫到了总裁办公室。

方晴晴看着同事一个个下了班，心里的恐惧被放得更大，犹豫着敲了敲门。

“进来！”

就是这个声音！

方晴晴浑身的鸡皮疙瘩都起来了！

她硬着头皮推开门，僵硬地走到苏少谦的桌前：“苏总好！”

苏少谦抬起头看了她一会儿，突然勾了勾唇道：“你知道精神病杀人不犯法吧？”

这还有什么好说的？一上来就玩得这么大！

方晴晴转身就要向外跑。

奈何她低估了苏少谦的长腿优势，在她握住门把的一刹那，苏少谦拽住她的领子把她提起来推到沙发那，然后反锁了门，一套动作做得行云流水般顺畅。

苏少谦走过来，挑眉看她：“你跑什么？”

方晴晴找了一个无比蹩脚的理由：“我……我突然想起来我家煤气忘关了！”

苏少谦轻笑出来：“这样啊，那更不用着急回家了。煤气都泄露了一天了，回家和直接去火葬场没区别啊！”

苏少谦绕着她打量了一圈：“还行，可以勉强凑合凑合！”

“不要凑合！”方晴晴急着安慰他，“苏总，你不要放弃治疗啊！这年头没点精神病都不配称作成功人士的！你有精神病只能说明您离成功又近了一步，千万不要做出什么害人害己无法挽回的事情啊！”

苏少谦笑了笑：“你怕我伤害你？放心，暂时不会的！”

方晴晴：……

什么，居然是暂时？

苏少谦双手插在裤兜里，身子靠在办公桌旁，一副胜券在握的样子：“我想和你做一个交易。”

方晴晴拢了拢衣服，谨慎地看着他：“我什么也不会，不配和您做交易！”

“这个暂时……”

方晴晴立刻作乖巧状：“您说的交易我很感兴趣！”

她一个好少年是不应该屈服于淫威之下的，可是在她面前的是有精神病的老板啊！

苏少谦微微一笑：“好女孩。”

方晴晴本以为，苏少谦年纪轻轻能够管理这么大的一个公司，应当是一个极有城府、喜怒不形于色的狠角色，他提出的交易大概也是需要设计筹划、谋略智慧的。

结果万万没想到，他所说的交易就是让她扮成一个拉风的赛车女郎，陪他去跟人家飙车。

一个快三十的“老男人”还要学人家小年轻玩赛车，这是一个成熟的霸道总裁该有的想法？

最关键的是，这么危险的运动还要拉着她！

方晴晴看着面前给自己准备的赛车女郎的标配套装——性感的抹

胸和短裙。

她犹豫着开口："老大，咱这玩得是不是有点大？你看谁不顺眼，一句'天凉了，破产吧'，让他直接遭受金钱损失的痛苦不好吗？犯得着您亲自上阵吗？"

苏少谦看了她一眼："你不懂，这不过就是一个小小的赛车，陪他玩玩！"他的心情好似不错，"既然达成了协议，那就不妨告诉你了，其实我有多重人格。我目前知道的，不多不少，刚好有18个人格。"

呵呵！人家两个人格已经很吓人了，他居然有18个？

方晴晴敷衍地笑笑："苏总就是不一样，得个精神病都这么清新脱俗！"

02

方晴晴不安地扯了扯裙子的边，犹豫着开口："老大，我能不能……"

"不能！"

方晴晴：……

到底还有没有人权啊？她话还没说完呢！

苏少谦忽然放下手里的平板，朝着方晴晴靠过来。

车里的空间本来就狭小，方晴晴一边往后缩，一边急着说道："我知道自己长得好看，但是你千万要控制住你自己啊！"

"神经！"

苏少谦轻飘飘地从她后面的纸巾盒里抽出一张纸，擦了擦他那双矜贵的手。

尴尬！大写的尴尬！

方晴晴觉得她必须得说点什么："老大……"

苏少谦皱了皱眉头："换个称呼。你这哪像是风情万种的赛车女郎？张口闭口老大，不知道的还以为你是我保镖呢！"

方晴晴忍了忍："那叫什么？"

苏少谦挑了挑眉："少谦。"

方晴晴：……

他有点恶趣味地看着她："叫一句试试！"

方晴晴在他的注视下艰难开口："少……谦（钱）？"

"我名字好好的，怎么被你叫得这么难听？"

方晴晴无力地在心中翻了一个白眼，叫他大约跟叫老师名字的感受是一样的——背后叫得起劲，当面谁敢啊？

"老板，到了！"

在下车的一瞬间，苏少谦的手搂在方晴晴的腰上，脸上的表情也从嫌弃转换到了宠溺。

方晴晴吓得差点给跪了："老板……"

苏少谦凑近她耳边："乖，笑！"

方晴晴龇牙，露出了一个比哭还难看的笑。

方晴晴的身体僵得很，那只放在她腰上的手仿佛让她失去了走路的能力，她是直接被提着出来的。

她站好之后，才注意到面前的空地上站了一群穿着黑色夹克的男人。

沈阅见苏少谦来了，向前走了几步，目光扫过他身边的方晴晴，笑了笑："苏九，平时见你都是冷冰冰的，没想到今天这种场合带了个女人来！”

方晴晴听得莫名其妙，偷偷扯了扯苏少谦的袖子，低声问他：“苏九是谁？”

“我的一个人格。”

方晴晴顿时明白了。原来答应跟人比赛车的根本就不是苏少谦，他现在来应约，只是给他其他的人格收拾烂摊子。

那么他带了她来的事情，也就能够顺理成章的解释了，就是不想别人发现他人格分裂的事情。

苏少谦跟沈阅本来就不熟，无意与他寒暄，直截了当地问：“怎么个比法？”

沈阅指了指身后的盘山路：“开车上去，谁先拿到山顶的红旗，谁就赢了！”

苏少谦点了点头，率先选好了车，坐了进去。然而他却并没有直接关上车门，而是目光灼灼地盯着方晴晴看。

看她做什么？

方晴晴眼睛瞟到不远处正在给沈阅献吻的赛车女郎，顿时懂了。

不过她又不是真的赛车女郎，充其量就是一临时演员，还要真的亲苏少谦？她的目光不由得看向苏少谦的俊脸，好像她也不吃亏！

方晴晴的脸微微红，还是挣扎了一下：“没必要吧！”

苏少谦却是一脸的坚决：“怎么没必要，敬业点，快！”

“行吧！”方晴晴弯下腰，快速地在他脸上亲了一下，“好了好了，快走吧！”

苏少谦一脸惊悚，他捂着脸，表情竟然有点像被轻薄了的良家少女：“谁让你亲我的？”

“你开着车门等我，不就是让我亲你的意思吗？”

“我是让你上车！”

方晴晴：……

还有比现在更加尴尬的局面吗？她竟然主动亲苏少谦了！

方晴晴双颊羞得通红，迷迷糊糊地上了车。

苏少谦看她的样子，顿时起了戏弄之心：“我理解你，身边突然有了我这么一个优质男性，很难控制住你自己的感情。但请你克制，看你今天表现还不错，刚刚的事儿，就不算你亵渎老板了！”

这说的是人话？

方晴晴刚想反驳，就被他一句“系好安全带”给噎了回去。

虽然知道苏少谦是绝对不会拿他自己的生命开玩笑，但第一次坐赛车，方晴晴还是免不了有点紧张：“你驾龄多久了？”

苏少谦泰然自若地吐出一句话：“去年下来的驾照。”

方晴晴：……

她以为他是个老司机，结果他就是个“菜鸡”！

方晴晴还没来得及说出“我要下车”四个字，苏少谦已经踩了油门。

## 03

“苏少谦你……呕！”

即便已经从盘山路回到了酒店，方晴晴胃里依旧翻腾得厉害。

她长这么大，第一回知道，原来飙车是个这么不要命的飙法。

苏少谦坐在沙发上看她：“还这么难受呢？”

回应他的是方晴晴的一记眼刀。

不出所料，苏少谦赢了。

沈阅到底还是年轻，被苏少谦的车技征服后就开开心心想要跟他称兄道弟。由于玩得太晚了，开车回去不方便，他亲自给苏少谦安排了一家不错的酒店，还贴心地给他们俩订了一个房间。

一个房间，晚上睡觉怎么办？

按理来说，她是一个拯救苏少谦的小天使，理应睡在床上的，但问题的关键是她不敢说！

门铃突然响起来，苏少谦起身去开门。回来的时候，他手上端了一碗白粥和几样小菜，全都放在了她面前。

“给我的？”

突然有点受宠若惊是怎么回事？

她刚回来的时候，胃里难受，晚饭基本没怎么吃，这会儿终于不吐了，肚子里正空得慌，她没好意思说。

苏少谦突然对她这么好，她还真有点不适应。她谨慎地盯着盘子里的菜看了看：“你不会下毒了吧？”

苏少谦笑得恶劣：“你可以选择不吃啊！”

说罢，他又从柜子里拿出一床被子：“今天晚上我睡地上，你睡床上！”

哎哟，太阳打西边出来了？

她想着怎么也是自己的上司，应该客套一下：“不用，我睡在地上……”

苏少谦挑眉：“那换……”

“谢谢总裁体谅，让我睡在床上，我就恭敬不如从命了，总裁晚安！”

好险！这人怎么一点不知道客套！

睡到半夜，方晴晴感觉身上有点沉，她迷糊糊地睁开眼就对上一双黑得发亮的大眼睛。

“啊！”

方晴晴觉得半条命被吓没了。

苏少谦笑得发甜：“小姐姐，你真好看！”

方晴晴惊魂未定：“苏少谦，你……你给我冷静点！”

没想到他听完，疑惑地歪了歪头：“苏少谦，那是谁？”

方晴晴：“嗯？”

完了完了，犯病了！

方晴晴试探着问：“你不认识苏少谦是不是？”

他乖乖点头：“嗯！”

“那你叫什么名字？”

“三号！”

方晴晴：……

好名字，简单又粗暴！

趁着方晴晴发愣的片刻，苏少谦三号又睁着一双无辜的大眼睛，甜甜地问：“地板好硬啊，我可不可以和姐姐在床上睡？”

“当然……”

三号的眼神中充满期待的小火光。

“不可以！”

“啪”，小火光瞬间破灭。

三号抱住方晴晴的腰玩起无赖模式：“不要嘛，我就要跟你睡！”

这个熊孩子！

方晴晴一边往下抠他的手，一边坚定不移地拒绝："不可能，乖乖回去自己睡！"

然而不知道是她低估了自己的力量还是苏少谦三号太过脆弱，这一拉一扯，他的头"咚"的一声撞在床头柜上。

"你……你没事吧？"

方晴晴戳了戳他的后脑勺，他没反应。

刚才撞的那一声挺大的，不会直接给撞晕了吧？

她刚想把人给翻过来看看伤口，就看见苏少谦自己慢悠悠地爬了起来，眼神里比刚才多了一些不一样的东西。

"我要和你睡！"

"不行！"

没变啊！

听了她的拒绝，苏少谦没说什么，直接翻身下床，走进卫生间。

再出来的时候手上多了一把水果刀："不让我和你睡，我就死！"

这是什么操作？病娇？

方晴晴小心翼翼："敢问您是几号？"

"五号！"

方晴晴咽了一下唾沫："你先把刀放下！"

他非但没有把刀放下，反而向脖子的方向靠了靠，白皙的皮肤上立马现出了一条血印。

"睡！一起睡！"

苏少谦五号听了这话，终于放下了手里的刀，老实地钻进了被窝。

方晴晴：……

方晴晴盯着天花板不敢睡，谁知道等一下会不会又变了？

等到身边的呼吸声变得均匀绵长，她才悄悄爬起来给他脖子上贴了一个创可贴……

## 04

清晨，方晴晴爬起来的时候脸上有两个浓重的黑眼圈。

她下意识地转头去找苏少谦，发现他已经穿戴整齐坐在床边。

“现在是几号啊？”

“四号！”

好吧，又变了！

方晴晴从床上爬起来：“你头和脖子上的伤怎么样了？”

“不用你管！”

懂了，傲娇人格。

这种人格在他们下楼吃饭的时候体现得淋漓尽致。

他们住的酒店其实就是沈阅家的，知道他们今天要走，他特意过来送送他们：“苏哥，什么时候有时间，你再过来玩，咱们一起玩赛车啊！”

没想到苏少谦一点没给面子，直截了当地拒绝，冷笑着说：“哼！你以为你是谁？就你那个车技还想跟我一起玩？做梦吧！”

方晴晴看着势头不对，赶紧趁着他和沈阅建立起来的友谊小船还没翻船之前，找了个借口岔开对话把他拉出了酒店。

蹲在路边，方晴晴偏头看了看身旁的大长腿，咬了咬牙。

不行，这样不行，得让苏少谦变回来！

方晴晴从路边捡了一块砖头，顶着前台小姐怪异的目光，带着苏少谦到酒店重新开了一间房。

进了屋，方晴晴就脱了外套。

苏少谦四号的耳朵染上一层红色，声音依旧高冷："我告诉你……我不是随便的人！"

"我管你随不随便！"

拉过他的手，趁着他没有防备，直接拿着砖头在他头上敲了一下。

四号倒在了床上，不一会儿又悠悠转醒。

方晴晴发现一个规律，他在改变人格的时候，清醒得特别快。

方晴晴："几号？"

他的眼睛里饱含柔情："晴晴，我是十号！"

不是，"哐当"又砸了一下。

"几号？"

男人的眼中闪着冷峻的光："七号！"

还不行？再来！

"几号？"

"汪汪！"

方晴晴：……

他没告诉过她，他的人格里还有汪星人啊？

整整一天，敲到方晴晴觉得苏少谦的脸都有点变形了，还是没变回苏少谦。

他不会是被其他人格合谋给干掉了吧？

方晴晴筋疲力尽地最后敲了一下："几号？"

男人揉着脑袋从床上爬起来："是我！"

方晴晴还有点不敢相信："苏少谦？"

“是我！你这下手也太狠了！”

他觉得他脑袋肿了！

没想到方晴晴愣着看了他一瞬，扑到了他的怀里，抱着他哭起来：“呜呜呜……你终于回来了，你知不知道你那几个人格有多糟心！我还以为你被他们给干掉了，回不来了呢！你吓死我了！”

苏少谦的身体僵了僵，而后才慢慢抬起手轻轻拍她的背：“别怕，没事了，我回来了……”

05

苏少谦这两天的生活可谓精彩，现在他清醒过来，感觉身上没有一处不痛的。好不容易处理完毕，又和方晴晴到饭店好好吃了一顿，才算回过一点精神来。

方晴晴看他脸色还不错，试探着问：“之前有人格出来捣乱你是怎么处理的？”

苏少谦笑笑：“假装出差啊！然后叫助手把我关在家里，钥匙拿走，过两天，等我清醒了再出来！”

方晴晴心疼地说：“我记得总裁每周都得出差个两三次，不会……”

“别瞎想，有的是真的出差！”

“哦！那还有一个问题？为什么五号和三号那么执着地要跟我睡？”

苏少谦竟然真的认真想了想，说：“……大概是你的蠢吸引了他们！”

方晴晴：……

苏少谦的电话忽然响了，他听着那边说了一会儿，最后一个简洁的“好”结束了通话。

苏少谦转头看她:“晚上有一个酒会,有没有兴趣做我的女伴啊?”

方晴晴凑到他眼前把她脸上的黑眼圈展示给他看：“总裁，我都这样了，你还好意思奴役我吗?”

苏少谦笑笑，从钱包里掏出一张看起来就很高端的黑卡，递到她面前：“陪我去，这个给你!”

方晴晴眼睛一亮，疯狂点头：“去去去！黑卡？无限额、随便花的那种?”

“当然不是，公司楼下超市会员卡，报个电话号码就能办！”苏少谦又拍了拍她的肩膀，像鼓励一般，“想不到你是这样一心为公的好职员，即使有了黑眼圈还是以公司利益为先，很好啊!”

方晴晴：……

为什么现实的社会没有让她早点认识到苏少谦的险恶?

方晴晴原本打算用吃吃喝喝应付这场宴会，毕竟她谁也不认识，不给苏少谦添乱就是她能做的最大贡献。没想到，她在这里遇见了大学时候关系很好的一个学长——宋祁。

方晴晴和宋祁的革命友谊完全是在图书馆里建立起来的，那时候图书馆每天走得最晚的就是他们。她是因为记性不好，只能在图书馆坐冷板凳，老老实实地背书。宋祁走得晚，纯粹就是因为喜欢读书。他们俩偶尔能够搭伴回宿舍，宋祁会给她讲讲她不理解的知识点，她则会把自己准备的夜宵慷慨地分享给他。

宋祁看见她手上拿着的小蛋糕，嘴边溢出一抹温柔的笑容：“当年上学的时候，你就最喜欢吃这些甜品，想不到你这么多年口味还没变！”

方晴晴调皮地眨了眨眼睛：“这么多年学长的帅气也有增无减啊！”

“这奉承我可应了……”

两个人回忆着当年的事情，越聊越起劲，苏少谦却在旁边看得越来越不是滋味。

“哎哟，空气里哪来的这么大的醋味？”

“某人的醋缸子打翻了呗！换我我也酸,带过来那么漂亮的妹子，一转头就被别的男人给勾走了。苏少，你魅力不行了啊！”

苏少谦心里本来就不舒服，被几个狐朋狗友一撺掇，当即气得走到方晴晴的身边，宣示主权般地揽过她的腰，挑衅地朝着对面的宋祁笑笑：“你们在聊什么？”

方晴晴兴奋地给他介绍：“这是我大学时候的学长，宋祁。不仅长得帅，还特别有才华，当时我们全系的女生都喜欢他！”

苏少谦皮笑肉不笑地哼了一声：“是吗？那一定是因为我没在你们学校，不然你们全校的女生都得喜欢我！”

方晴晴有点嫌弃地看了他一眼：“你们俩不是一个风格，学长走的是质朴踏实的路线！”

合着他就华而不实呗。

苏少谦忽然单手按住头，有些难受地压低声音在方晴晴耳边说：“糟了！好像别的人格要出来了！”

“什么？”方晴晴一听他这么说，当即也顾不上跟宋祁说话，立刻扶住他，“有没有什么事？怎么会突然变了呢？”

苏少谦“虚弱”道：“我想先走！”

“好好好，我们走！”

方晴晴跟宋祁道了一句抱歉，就赶紧带着苏少谦走了出去。

在方晴晴没看到的地方，苏少谦转过头给了宋祁一个灿烂的笑脸。

哼！跟他斗！

06

回到车上之后，苏少谦之前的种种不适“奇迹”般地消失了。

方晴晴逐渐反应过来，之前他人格的转换都是突然发生的，从来都没有事前预知的情况。

方晴晴笃定地指着他说：“你骗我的是不是？”

苏少谦凭着他那强大的心理素质，脸不红心不跳地按下她的手：“没有骗你，刚才真有一阵头晕！”

方晴晴冷哼一声，明显是不相信他。

苏少谦干咳了两声，他仿佛闲聊似的问出来：“你刚刚说你们全系的女生都喜欢你学长，也包括你吗？”他说完之后，又立刻加了一句，“我就随便问问！”

“喜欢啊！学长长得帅，性格又好，哪有女生会不喜欢？”

苏少谦却是痛心疾首地摇了摇头：“看来你还是太单纯，那种人，看起来对你很好，其实对谁都一样，外表儒雅谦和，实际上不知道憋着什么坏水！”

方晴晴挑了挑眉：“那请问谁表里如一呢？”

苏少谦毫不谦虚地指了指自己。

“我就说你今天怎么怪怪的！”方晴晴大笑出来，“你不会是喜欢我吧？”

苏少谦没直接回答她，反而抱着胸，一副傲娇得不得了的样子：“我很理解你由于身边突然有了我这么一个优质男性而产生的微妙心理，鉴于你最近的表现，我可以考虑同意你喜欢我！”

什么叫同意喜欢他？还考虑？告白就好好告白呗，这个死傲娇！

想到这里，方晴晴故意露出一脸惋惜的表情：“不，既然你这么勉强，还是算了吧！再说，我今天看见学长之后才发现，你也就那样吧！”

也就那样吧？

苏少谦差点被气得吐血。

偏偏这边方晴晴就像没看到一般，继续加料：“我决定了，以后多跟学长走动走动，说不定就日久生情了呢？”

“不许去！”

方晴晴笑得花枝招展：“凭什么呀？”

苏少谦立马喊道：“你必须喜欢我，否则就是欺骗我感情！”

“那你喜欢我吗？”

按照苏少谦之前的性格，他是一定不会承认的。谁先说喜欢就代表着在这段感情中处于弱势地位，他不喜欢被人拿捏，这不是他的行事作风。

但是回想起他和方晴晴相处的一幕幕，还有今天看见她在别的男人面前笑容可掬时自己内心的愤怒和嫉妒，他先低个头似乎也不是特别难。

看着方晴晴的眉眼，他忽然就觉得，他是个男人，应该照顾女生，他先说就他先说吧！

“喜欢！方晴晴，我喜欢你！”

在他话音落下的一刹那，就被方晴晴搂住脖子，拉了过去，随即一个吻印在了他的唇上。

早承认不就得了嘛！死傲娇！

## 07

一年后，巴厘岛。

当方晴晴穿着纱裙坐在躺椅上，准备再将裙子向上拉一拉露出笔直修长的美腿时，冷不丁一条毯子就被扔过来，盖在了她的腿上。

然后方晴晴就看着罪魁祸首穿着印着大花的沙滩裤，一步一步地走过来。

方晴晴忍不住笑了笑："苏总啊，您这个大花裤衩实在是太潮了，太能体现你的审美了！"

苏少谦宠辱不惊："哦！那你得赞美我老婆的眼光，这是她特意给我选的，也是她今天早上让我必须穿上的！"

方晴晴老脸一红："不要脸，谁是你老婆！"

"小姐，一个人吗？"

从方晴晴面前的泳池里冒出来一个只穿着泳裤的英俊男人。

身材性感，八块腹肌。

她刚想回答什么，就被苏少谦冷着脸牵住手。

"我是她老公！"

一句话，搭讪的男人溃不成军。

苏少谦转过头咬牙切齿地盯着她："方晴晴，真当我拿你没办法是不是？”

“喂喂喂，在公司，你是老板我是员工，在外面，我们是两个独立的个体，这样拉拉扯扯成何体统啊！你再拽着我，我告你非礼啊！”

“是吗？你看看除了你以外哪个员工的手上有老板给戴上的戒指？再说了——你不知道精神病亲人不犯法吗？”

一边说着，一边吻上了她的唇。

天蓝，海也蓝。

就像你和我，两个人，刚刚好！

END

# 暖暖知我心

现居成都，热爱写故事的金融狗一枚，
愿余生可写尽烟火人间

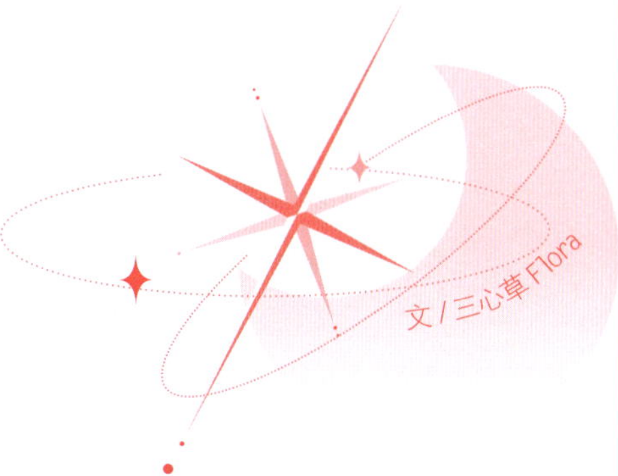


## 楔子

根据相关资料显示，截止到 2058 年，全球男性的情商普遍降低为零，这导致两性关系势如水火，人类繁衍岌岌可危。女性同胞对此表示相当不满，其中有不少有志之士试图改变这一局面。

## 01

周莘推一推架在鼻梁上的眼镜，看向面前这个面容清隽的少年。

讲真，这一届学生是她有史以来带过资质最差的！刚才课堂上发生的情形还历历在目，周莘真的很头痛。

“知不知道你们的女友花了多少钱送你们来这个培训班？”周莘手持教鞭，站在讲台上训话，“这套题讲过多少遍了，怎么还是记不住？”

台下哀号一片。

“翻开课本，划重点！”周莘没好气地说，“第一题，如果你发现女友新买的裙子穿起来有褶皱，怎么办？”

“帮她烫平！”

“给她买一条新的！”

“建议她以后都穿裤子！”最后一个声音道。

周莘感觉快要窒息，搜索半天也无法确认那个声音的来源，只得叹一口气：“说了多少次？有褶皱说明她瘦！夸她腿瘦！夸她腿瘦！”

“哦……”学生们恍然大悟。

“请听第二题！”周莘继续道，“冬天到了，女友手脚冰凉地蜷缩在被窝里，你准备说些什么？”

“宝贝，多喝热水！”

“打开电热毯，别总想着省钱！”

“向她炫耀自己新买的羽绒服，时尚、便宜又保暖！”最后一个声音说。

周莘明显被那个声音激怒了，犀利的眼神扫过众人：“是谁？刚刚这个答案是谁回答的？”

众人哑然。

“你别躲在人群里不出声，我知道你在听！”周莘道，“你有本事乱回答，怎么没本事站出来？”

“万一人家没有乱答呢？”学生们窃窃私语。

周莘一想也对，毕竟这些人情商为零！

算了，教学要紧！

“最后一题！”半晌，她定了定神，“在一个花好月圆的夜晚，你和女友结束了一天愉快的约会，楼道里，她轻轻地把眼睛闭上，这个时候你应该做什么？”

“楼道太黑，让她把眼睛睁开，以免摔跤！”

“撕掉她开裂的双眼皮胶！”

“顺走她的钱包！”最后一个声音道。

听罢前两个答案，周莘已经很无语了，但“顺走钱包”这个迷之答案还是又一次刷新了她的三观。不过，这一次周莘学聪明了，在提问前她就眼也不眨地盯着大家的嘴，试图找到那个“差生”。

终于，她发现了！

“就是你！坐在最后一排的那个同学！”周莘拍案而起，“你叫什么名字？”

众人的目光齐刷刷地看向角落。

那同学手足无措，战战兢兢地站起来：“我叫姜维知……”

“很好！姜维知！你成功地引起了我的注意！”周莘眯起眼睛，“下课请到我办公室来一趟！”

## 02

周莘的“暖男培训班”开课已经四年，规模虽然不大，但期间不知帮多少直男怨女修复了关系，口碑一直不错。

周莘皱着眉头，一语不发，手指不经意地在办公桌上敲打。什么样的学生她没见过？但像姜维知这样的，还是头一次！

“我看你有些眼生！是不是经常逃课？”周莘问。

“我不是，我没有，别瞎说！”姜维知否认三连，“每一节课我都准时打卡，甚至还做了笔记，不信你看……”

周莘探过头去。

那一本厚厚的笔记本上密密麻麻写满了字，看上去他还是蛮用功的！但周莘身经百战，才不会被表面现象所蒙蔽。她打开花名册，一边查询，一边问：“姜维知……你是这个学期才报名的？”

“是的。”姜维知道。

周莘又接着往下看，只见姜维知的备注栏里赫然写着“自主报名”。她一惊，道：“你是自己来报名的？”

“是的。”姜维知道。

周莘不禁对他刮目相看。

当今社会，直男们很少对自己的缺陷有如此清醒的认知，更别说像他这样努力了！周莘对刚才盲目的指责感到懊恼，再看姜维知那委屈巴巴的小眼神，心里蓦地一动，没由来地问了一句：“你确定你没有女朋友？”

姜维知的脸红了：“周老师，您觉得我这个样子，能交到女朋友吗？”

不错！看来姜维知的自我定位也很明晰！

“没关系！”周莘安慰道，“虽然你基础差、底子薄，但俗话说得好，世上无难事，只怕有心人！既然你加入了培训班，我就会对你负责到底！就好比是在春天播下了一粒种子，只要你辛勤耕耘，就会……”

“在秋天收获一堆女朋友？”姜维知抢道。

周莘一口老血差点儿喷出来。

没想到，姜维知的野心这么大！

“一堆我是不敢保证啦，不过一个还是有可能的……”周莘吞吞吐吐道。

姜维知歪着脑袋，想了想：“也行吧。”

听那口气，他还觉得很勉强？

就姜维知刚才的表现来说，日常课程他根本就跟不上。就算周莘肯花时间给他一对一地补习，学习效果也很难说。但周莘难得遇到如此上进的学生，于是她决定拿出撒手锏。

“姜同学，针对你的个性需求，或许你可以考虑一下我们新推出的这个 5D 沉浸式课程？”她说，“一学年下来只要 89999，保证你暖到全世界女生都嫌热！”

姜维知低头看着价目表，没有说话。

“立即付款的话，还可以享受九点九折优惠哦……”周莘见他犹豫，连忙补充道。

“那就它吧！”姜维知咬了咬牙。

“好嘞！ 89999 你买不了吃亏，买不了上当！”周莘以迅雷不及掩耳之势拿出 POS 机，“请问刷卡还是现金？”

“现金……”姜维知二话不说，转身出去，提进来一个装满现金的皮包。

哟，看不出来，姜维知年纪轻轻，还挺有钱！

“那从明天开始，课程就正式开始喽！”周莘接过他递来的那个鼓鼓囊囊的包，兴奋得合不拢嘴，“由本老师亲自为你服务！”

## 03

天刚蒙蒙亮，周莘就给姜维知发去一张自己精挑细选的美女图片，并配文：“你的小可爱已上线，快说一百遍想我了……”

良久，姜维知回复一个问号表情包：“谁是小可爱？为什么想我？一百遍是不是有点儿多？”

周莘耐着性子解释：“小可爱就是图片上的大美女啦，也就是你的虚拟女友！现在，请把自己全身心地投入到这个场景中，你的粉红恋爱已开始！”

哦，原来这就是所谓的沉浸式教学！

不早说！

姜维知点点头，随即点开语音留言，道：“想我了想我了想我了想我了……”

足足一百遍。

周莘哭笑不得，不出所料，第一弹失败了！

今天的户外教学定在溜冰场，这是最容易增进男女感情的地方。周莘付了押金，拎着两双冰鞋走过来，在姜维知身边坐下，挤眉弄眼地看着他。

“咋啦，你眼睛抽筋了？”姜维知一边给自己穿鞋，一边问周莘。

周莘掏出美女图片，在姜维知面前晃一晃：“请记住，在这种情况下，一定要做到先人后己！”

“你的意思是让我给她穿鞋？”姜维知凝视图片。

“嗯哼！”周莘抬眼。

“她自己不是有手吗？”姜维知不解地问。

周莘几乎晕倒。

装备完毕，两人相互搀扶着下了场。姜维知技艺极佳，不一会儿就“嗖嗖”地绕冰场两圈儿。周莘是个溜冰废，只能目瞪口呆地站在原地，叫道：“喂，姜维知，刚教给你的要义就忘了吗？”

姜维知一个漂亮的滑步，滑到周莘旁边：“怪我喽？她不会溜冰吗？那还怎么愉快地玩耍？”

周莘被他的英姿弄得浑身一颤：“她不会，你教她啊！”

于是姜维知放慢了脚步，任周莘拉着他的衣角，往前挪动。

“小姐，你究竟有多少斤啊？怎么这么重？”他道。

周莘眼里闪过一道寒光：“大忌啊！这个问题千万不能问！”

“可确实很重啊，我感觉像拖了一头牛……”姜维知抱怨。

周莘不知道姜维知是不是在拐着弯骂她，虽然角色是假的，但她本人是真的啊！

“女生都是很柔弱的！”周莘没好气地说，“能克服心理障碍陪你溜冰，都是因为爱！你就不能说点儿好听的，哄哄她？”

“怎么哄？”姜维知问。

“譬如，在每次说话的时候，加个‘宝贝’之类的……”周莘答道。

“行！这个简单，我会！”姜维知一本正经地说，“小姐，求求你能不能别再扯我的宝贝衣服了？”

什么？他有没有搞错？

周莘感觉怒火都烧到了头顶，脚下的冰面也裂开了缝隙。她双手叉腰，道：“姜维知，你……”

但“太过分了”四个字还没有说完，周莘只觉得双腿一软，一个趔趄就扑倒在地。天在旋，地在转。晕，头晕，头好晕！也不知道是摔的，还是姜维知气的。

周莘爬不起来，索性整个人躺倒。

奇怪，这里不是冰场吗？她伸手乱摸，怎么这一块地面却软软的，还热热的？

周莘低头一看，只见姜维知那张英俊无比的脸出现在眼前。

“周老师，我真的好敬爱您，可是您压到我了……”说罢，他还干咳两声。

姿势暧昧得紧，周莘连忙坐起。心脏扑通扑通跳个不停，脸热到不行。这是怎么一回事？她竟然对姜维知心动了？

不！不可能！周莘摇了摇头，她是受过高等教育的社会主义新女性，怎么会看上姜维知这样的钢铁直男？对了！让他说一句话，不用多，一句就行！

“对不起！我不是故意的！”周莘道。

“算了，我就当背后那头牛疯了……”姜维知淡淡地说。

周莘瞬间清醒。

## 04

姜维知的情商比周莘想象中更低，看来她必须下狠心，才能跨越这条她教学生涯里的臭水沟。

时光飞逝，一晃两个月过去了，姜维知的学业还是没有进步。

“不是说好的 5D 教学吗？”他抱怨道，“为什么只用虚拟女友打发我？”

“因为预算不够啊……”周莘摊开双手，“89999 的课程只能这样……”

“那就升级！”姜维知从口袋里掏出一沓现金。

周莘两眼瞬间放光：“安排！”

浪漫的水下餐厅，姜维知手持玫瑰，坐在餐桌旁，等待周莘。不一会儿，周莘从门外走来，婀娜多姿，空气中染上了她独特的香水味，这不禁令姜维知心神荡漾。

“怎么只有你一个人？”姜维知问。

“别看了，只有我！”周莘瞥一眼他探头探脑的样子，“从今天起，我就是你的教学专用‘女友’！”

姜维知不满道：“你们学校这么穷吗？我不是追加学费了吗？”

周莘轻蔑地回他一个白眼：“其他人，你不配！”

姜维知讪笑两声。终于，服务生将大餐呈上了。五彩斑斓的鱼群从他们身旁环绕式的水族箱中游过，周莘有些恍惚：“你猜，我昨天吃药的时候想到了什么，才决定来这个地方约会？”

“鲨鱼？”姜维知问。

“不对！”

“不用洗碗？”

“不对！”

“我？”姜维知不确定地看着周莘。

“你应该说，你为什么会吃药？”周莘恨铁不成钢地说。

姜维知犹如醍醐灌顶：“受教！”

虽然姜维知的答案仍旧很不上道，但比起之前已进步不少，看来果然还是她亲自出马才行！周莘想。单身太久，约会是什么滋味都有些记不清了，上一次还是跟陆昂吧？如果那一天，她能够冷静地听他把话讲完，是不是一切都会不一样？

正想着，忽然一名潜水员手举一块LED灯牌，缓缓游到他们身边。

“请做我的女友吧！”周莘睁大眼睛，一字一顿地念，心脏像是被什么东西击中，猛地一震：“姜维知，这是你准备的？”

姜维知埋头啃牛排，听到周莘问话，抬头一看，斩钉截铁道：“当然不是！”

周莘满怀的期待顿时落空：“原来是餐厅的收费项目在给顾客做演示，我还以为是你这个榆木脑袋开窍了……”

谁知姜维知满不在乎地擦了擦嘴：“你喜欢这些？”

周莘点点头。

“那何必来这里？”姜维知道，“我知道有个地方比这里高级，并且还不收费！”

“真的？”周莘不敢相信地问，“是哪里？”

姜维知放下刀叉，拍一拍胸脯，道：“跟我来！”

05

周莘任由自己的手被姜维知牵着，来到一片无垠的海滩。晚风拂过发梢，掌心传来少年的温度，她不由得沉醉了。

“还记得这里吗？”姜维知指着不远处一栋白色的三层小楼。

周莘在心里呐喊，这是她大学刚毕业那几年住过的房子，姜维知怎么会知道？

“我想把它送给你……”姜维知说。

周莘震惊了。从恋爱小白到霸道总裁，姜维知进阶太快了！究竟是谁给他的能量？难道是隔壁超市买一送一的士力架？

“这样……不好吧？”周莘支支吾吾道。

“傻瓜，骗你的啦！”姜维知把头一甩，哈哈大笑起来。

周莘感觉智商受到了侮辱，刚酝酿好的情绪瞬间崩塌。她握紧了拳头，决定以牙还牙，也给姜维知一个惩罚。她蹲下身去，发出嘤嘤的声音，假装哭起来。

姜维知见状，慌了神："对不起！我不是故意的！"

"知道错了吗？"周莘抬起头来，哽咽地问。

"知道！"姜维知愧疚地答。

"错哪儿了？"

"不该跟你开玩笑！"

"就这个吗？"周莘给了姜维知一个'自己体会'的眼神。

"还有不该没发现你不高兴！"

算他小子识相！周莘的嘴角微微上扬，随即又假装泪目："那发现了该怎么办？"

"及时哄你！"姜维知讨好地说。

"那你是怎么做的？"周莘嘟嘴，撒娇似的看着姜维知。

"我没做什么，因为我没发现啊！"

这一回，周莘是真的落泪了。

不过难得有机会重返故居，周莘也懒得跟姜维知计较。她径直走到那房子的门口，按响了电铃。那时，周莘多想买下它啊！为了陆昂和他们的未来，她咬紧牙关，每天下班后做四份家教，就是为了供得起贷款。虽然辛苦，但周莘不觉得累，只觉得甜蜜。

都过去了。

"哎，这门没关呢，要不进去看看？"姜维知转头，对周莘道。

灯亮了，这么长时间过去，屋内的装潢几乎没什么改变，只是蒙上了一层厚厚的灰。"这家人没有再出租吗？"周莘自言自语地说，"可惜我现在存够了钱，却没有了买它的动力……"

客厅、卧室、厨房、卫生间，每一个角落周莘都那么熟悉。一时间，周围所有的颜色都因为她对陆昂的回忆而鲜艳起来。

那是周莘最好的年华，如今都埋葬在这里。

“你们为什么分手？”姜维知跟在周莘身后，冷不丁问。

周莘诧异地看着他：“你怎么知道我在这栋房子里谈过恋爱？”

“这你别管！”姜维知避重就轻地说，“讲讲你们为什么分手吧？”

“因为他像你一样……”周莘叹一口气。

“像我一样帅？”姜维知问。

周莘翻一个白眼，说：“像你一样直！”

## 06

和姜维知的呆萌不同，陆昂的直总结一句话就是：周莘夹菜他转桌，周莘睡觉他唠嗑，周莘工作他练声，算了，往事不必再提。

“原来这个世界上有比我情商更低的男人，这下我就放心了！”姜维知说。

“这也就是我开暖男培训班的原因，我觉得我真的有必要造福人类……”

时间倒回到周莘和陆昂分手这一日。

因为陆昂不够体贴的一些小事，周莘已经和他冷战很久了。碰巧那天是周莘的生日，她憋着一口气，就想看看陆昂到底会不会有所表示。

时针已经指向九点，陆昂的电话还没有打来。周莘坐立不安，端起杯子，呷了一口水，差点儿没被烫死。

“是保温杯吗？什么牌子？链接可不可以发我？”姜维知说。

周莘示意他闭嘴。

后来，陆昂总算约周莘见面了，地点就定在水下餐厅。那个地方，周莘想去好久了。陆昂还是有心，周莘窃喜，说不定有什么惊喜在等着她。

“就是我俩刚才去过的水下餐厅？”姜维知幡然醒悟，“原来你是想到了陆昂才决定去那个地方约会，我有没有答对？”

还不等周莘坐下，陆昂就激动地说：“我有一个好消息，一个坏消息，你想先听哪个？”

“坏的吧。”周莘道。

“公司决定派我去美国总部工作，福利可好了，配车、配房，每年还配二十天带薪休假……”陆昂的声音有些亢奋。

周莘听罢，气不打一处来。

不是说好做彼此的天使吗？这么大的事，陆昂怎么不和她商量？他不知道为了在海滨买房，她吃了多少苦？不体谅也就算了，难道陆昂眼里就只有他的光辉前程？

“公司再给你配个女朋友就齐活儿了！”周莘嘲讽道。

“这个，我已经拒绝了……”陆昂老脸一红。

周莘听出他话里有话，忙问：“这么说是有喽？”

陆昂点点头。

“这是坏消息吗？陆昂，我看你高兴得很啊！”周莘醋意大发，“算了，什么都别说了，你跟你的公司过去吧！”

不容陆昂辩解，周莘转身就走。

“太可惜了，好好的一对佳偶被拆散了！”姜维知感叹。

周莘回头，撇了撇嘴：“喂，我们不是被拆散，是性格不合……”末了，又惆怅地低下头，“其实，后来我想了很久，如果当时陆昂肯花一点儿心思骗骗我，不那么直接地承认上司想将女儿介绍给他，我也许就会觉得他还在乎我，不会那么冲动，我们的结局也许就会不一样……”

“嗯，听上去很有道理的样子……”姜维知说。

周莘微闭双眸，蓦地感伤。

“好啦，不要不开心……”姜维知见状，连忙岔开话题，“让我考考你！我到你身边这么久，你也没发现，是不是早就不记得啦？”

“记得什么？”周莘一头雾水。

“我就是五年前和你们一起住在这栋别墅的小胖子！”姜维就知道她不记得。

“你是姜小胖？住在三楼的姜小胖？”周莘叫道。

“嗯哼！”

## 07

周莘是在合租网上找到的房源，大学一毕业就跟陆昂一起搬了进来，和那时候还是高三学生的姜维知一起合租住在二楼。过了一阵子，周莘萌发了买房的念头，便不放过任何一个机会，想劝姜维知退房。

周莘观察到姜维知学习差，于是利用自己师范专业的优势，免费为他补习。

周末的下午，天气晴朗，周莘把小板凳搬进姜维知的书房，问：

“姜小胖，你父母是做什么的？怎么放心你一个人在外租房？快高考了，平时就一个钟点工照顾你，这样真的好吗？”

姜维知头也不抬：“他们工作忙，我早就习惯了……再说，这里离学校近，比家更方便……”

听他这么说，周莘话到嘴边又咽了回去。从那以后，周莘经常找机会给姜维知补习，想见缝插针地劝退他。他那个时候一口一个“小姐姐”地叫周莘，少年胖乎乎的模样也很讨人喜爱。感情就这样在日复一日的相处中慢慢建立起来。但直到周莘和陆昂分手，姜维知也没有退租。

“因为你的悉心教导，我最终考上了国外的名牌大学。回国后，我第一时间来找你……”姜维知道，“虽然我知道你那时不是真心实意地给我补习，但毕竟在一起生活了那么久，我担心你离开了陆昂，会过得不好……”

“你不必愧疚。”周莘道，“分手是我自己的决定，跟你没有任何关系。”

刚开始，周莘的创业之路走得并不太顺利。宣传期的新鲜劲儿过后，报名的人少之又少。周莘看着空荡荡的教室，并没有被击倒。她相信自己的判断，也相信暖男培训市场一定会被人们看到。

半年以后，周莘开始入不敷出，又碰上之前的一些学员认为和女友的关系没有达到预期的效果来闹着退钱，“暖男培训班”一度陷入危机。

周莘四处筹钱，却没有大老板愿意投资。正在她一筹莫展之际，一家投资公司找到她，说有一位不愿意透露姓名的成功人士很看好她的项目，愿意投资。

周莘喜出望外，很快和他们签了合同，事业才慢慢出现转机。

“这些事，你怎么会知道？”周莘纳闷道。

“因为我就是你的天使投资人！”姜维知眉头一挑，“四舍五入，你可以把我当作你的天使！”

“什么？”周莘一惊，“所以，你是来拿分红的吗？”

姜维知摇摇头：“我像是这么肤浅的人吗？那个时候，我们同住一屋，你和陆昂的一切，我都看在眼里，有些事还没来得及告诉你。你生日那天，在水下餐厅，陆昂本来是想向你求婚的。他顶住上司的压力，想带你一起去美国……我作为陆昂事先安排好的帮手，躲在暗处，就等他以下跪为信号，把钻戒捧出来……”

周莘若有所思：“这就是陆昂口中的好消息？”

“没错！但你根本就没有给他机会说出口，我在一旁干着急，也帮不上什么忙！”

周莘沉默了,她大概没有想到人生的反转总是来得这么猝不及防。

但仔细想想，如果当时陆昂成功向她求婚，她也不会答应的。筋疲力尽的相处，已让他们的关系如临深渊，周莘早就厌倦了，上司的女儿不过是压死骆驼的最后一棵稻草。

“现在还说这些干吗？”周莘故作轻松地笑笑。

“你确定？从刚才开始，你一共提到上司的女儿十八次，不知道的还以为她欠了你很多钱……”

周莘流下三道冷汗。

“我希望你能幸福！”姜维知拉住周莘的手，“我想，你苦心经营这个培训班，大概是还没从和陆昂的分手阴影中走出来吧。在我看来陆昂不是不懂你，只是没有用最恰当的方式告诉你。他去美国是为了更好的工作机会，可能也是为了你们有更美满的生活。他拒绝了上司的女儿就已经说明了他更在乎你。你也不是真的讨厌陆昂吧，只是两个人之间的沟通太少，失望积累了太多……”

“这些我都知道……”周莘喃喃地说。

“不要因为一个陆昂就对所有直男失望，好吗？”姜维知问，“其实直男没有什么不好，可能我们情商确实很低，但是我们一直都很真诚……”

周莘沉默了半晌，道：“在我看来爱是理解、包容、忍耐和感激。其实我有反省自己是不是对陆昂太苛责，但你知道，作为女生，总希望平凡的日子多一点儿仪式感……”

“好了，都过去了。”姜维知温柔地抚了抚周莘的背，“我告诉你这些，并没有想责备你，只是想解开你的心结。我想让你知道，我们直男虽然说不出高情商的话语哄人开心，但是我们的感情一定是真诚的。我希望你能相信我对你的感情……”

弯转得太急，周莘一时没反应过来：“姜维知，你什么意思？”

“亏你还是培训师，我喜欢你，这么明显，看不出来吗？”姜维知看着周莘认真地说。

“这太突然了！”周莘红着脸道。

“有吗？”姜维知打一个响指，只见远处宁静的海滩上瞬间亮起一个用灯带拼出的巨大爱心。

“这是你策划的？”明明心里小鹿乱撞，周莘表面上却佯装镇定，“可他们都是我的员工哎！”

“身为培训班的隐藏大 BOSS，你的员工都是我线人。”姜维知狡黠地笑了。

周莘不解："可是为什么？"

"什么为什么？"姜维知说，"为什么喜欢你吗？"

周莘点点头。

"还记得高三那一年，我第一次月考失利吗？"姜维知握住周莘的手，"我不敢告诉已经对我失望的父母，你知道这件事之后主动陪我去学校和老师交涉，还一直鼓励我。那时候，所有人都放弃我了，可你却和他们说相信我的潜力，还耐心给我补课。因为你，我没有放弃自己……

"你不知道你的出现给我带来了多少期待和希望。在你和陆昂分手之后我不是没想过在国内留下来陪你，但我想你经过陆昂的打击后不会喜欢那样不够成熟的我，所以我决定出国深造好好锻炼自己。在国外留学的日子里我每天都在期待和你重逢……"

周莘没有说话。

"现在，我变成熟了、稳重了，但我仍旧没有把握能够得到你的喜欢，所以我想要改变身上那些你不喜欢的缺点，我就隐瞒了自己的身份来参加你的暖男培训班，升级课程也是想能多和你相处……"姜维知继续说。

周莘想，姜维知和陆昂到底还是不一样的。

分手就分手了，陆昂压根儿没有再挽回。反观姜维知，哪怕从前周莘的身边有陆昂，哪怕他们许久不曾联络，他还是会想尽办法接近周莘，偷偷给她投资，制造爱心海滩，为她改变。

她还有什么不满足呢？

"从今往后，你的少女心交给我！"姜维知看着周莘，认真道，"我保证不会让你失望！"

“我有答应你吗？”周莘有些害羞。

“你会的。你现在不答应我没关系，我会一直在这个培训班接受你的培训，等到你对我说‘会’为止。”姜维知说。

“讨厌！”周莘娇嗔，随后被姜维知轻轻吻住。

08

周莘脱单的喜讯不胫而走，在得知她的男友竟然还是在读学员后，整个培训班沸腾了。

“我们一定要像姜同学学习，他的今天就是我们的未来！”学员们纷纷为自己打气。一时间，姜维知变成了培训班的活招牌。89999元的课程被抢购一空，周莘睡觉都梦见自己坐在一堆钞票上数钱。

周莘决定好好犒劳一下姜维知了，给他做爱心午餐。坐在培训班的办公室里，她将自己坐好的午餐打开放到姜维知面前：“尝尝我的手艺，这是我二十几年来第一次为别人下厨。”

姜维知完全没有周莘想象中的浪漫回复，仍然是钢铁直男的口吻：“没毒就可以吃。”

气得周莘直翻白眼。姜维知看到周莘的神情感到不妙，立马正色道：“对了，有件事还没告诉你，海滨那栋房子现在正式属于我们了！我知道那是你之前一直梦想的‘家’，所以我就把它买下来了。

“对不起，和你交往的时候我没有告诉你我的家底，就是怕你有压力，不知道你会不会介意？”

周莘脑海中又浮现出姜维知抱着 89999 元的现金走进办公室的样子，他这个有钱人还真是有够低调！

“我不介意。”周莘道。

“我就知道你不会介意的！”姜维知一拍大腿，“结婚以后，你可以不用那么辛苦地再开培训班了，你可以去我爸的公司挂职，或者我们一起去环游世界……”

“那怎么行？我还要回馈社会！”周莘道。

“要不我改个名字叫社会？”姜维知笑嘻嘻地说。

周莘一记粉拳锤在姜维知身上。其实是不是暖男又有什么关系？只要那个人是姜维知，周莘愿意磨平自己的棱角，迁就他。

周莘白了姜维知一眼，道：“走，跟我一起去把标语换了！”

“什么标语？”

周莘指一指教室门口那条“当她伤心时，没有一个直男是无辜的”横幅：“喏，就是那个！”

“这不是挺好的吗？很符合培训班的气质！”姜维知道。

“可我现在想换成这个！”

姜维知低头一看，新的横幅写着“爱情不是温度计，暖男直男都一样！”

“这么土味？”姜维知问，“你这是要转型？”

“不错！”周莘道，“因为你……”

“你觉得我很土？”姜维知几乎跳起来，“我们家开的可是设计公司啊，将来我是会接班的！请不要质疑我的品味，那等于是在质疑你自己！”

周莘：“……好吧。”

09

现在是 2098 年，根据相关资料显示，全球男性的情商已普遍降低为负数。

“这太可怕了！现在的男人都怎么了？完全不再讨女士欢心了吗？”两鬓斑白的姜维知坐在沙发上，颤巍巍地说，“看看我，跟你在一起快四十年……”

“怎样？”同样衰老的周莘两眼一瞪。

“你也没有嫌弃我……”姜维知弱弱地说。

“这些研究真是杞人忧天！事情并没有科学家预计得那么糟啊！”周莘斜靠在姜维知肩头。

情商低又怎样？不过是生活里少了些甜言蜜语！

周莘早就不在意了。

“对了，昨天我看新闻，又报道了你当年的‘暖男培训班’……”姜维知说道。

“别提了！”周莘打断他，“那已经被历史洪流淹没了！”

“说真的，作为‘暖男培训班’的创始人，这么轻易地被我一个直男追到，你有没有后悔？”姜维知问。

周莘抿嘴偷笑：“当然没有！”

“我就知道！”姜维知得意地说。

姜维知不知道，哪里是周莘好追，是周莘心甘情愿被姜维知追。

她才不要告诉他。

END

# 那个电竞大佬我喜欢你

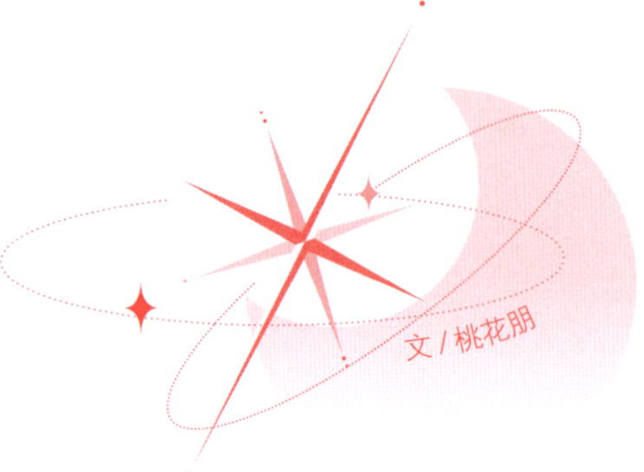


咸鱼小写手一枚，喜欢喜剧，
不喜欢悲剧，致力于制造各种小甜饼

## 01

乔姝一周前应聘上了电竞大佬陆恒的直播助理，今天是她上班的第一天。

直播的时间是下午两点到五点，中间会有半个小时的休息时间，她怕自己没时间吃饭，所以特地在楼下的蛋糕店买了一块杧果千层，准备休息的时候吃。

乔姝走进电梯，在电梯门即将关上的时候，一个男人走了进来。

男人身材修长，五官也极为精致。他穿了一件米色的连帽卫衣配浅色牛仔裤，看起来很清爽，应该是一个大学生，而且肯定是校草级别的人物。

乔姝不由得感慨，不愧是电竞大佬住的公寓，真是藏龙卧虎，随随便便遇到的一个人就长得这么好看！

乔姝站在靠近电梯按钮的一侧，礼貌地问："你要去几层？我帮你按。"

男人的声音淡淡的："跟你一样。"

乔姝顿时来了精神，原来是陆恒的邻居啊！这不就是一个提前打听老板小道消息的机会嘛！

乔姝兴奋地搓搓手，主动搭话："请问你认识陆恒吗？"

听到"陆恒"两个字，从进来开始就低着头玩手机的男人，第一次转过头来看了她一眼："嗯。"

乔姝三连发问："他长得什么样？脾气好吗？有没有什么与众不同的习惯和爱好？"

男人没有回答乔姝一连串的问题，反而问道："你是谁？"

"我是陆恒新雇的直播助理，我听说他一个月不到的时间内，已经换了好几个助理了，是不是不太好相处？网上还有传闻，说是他因为长得丑，有点自卑，所以直播的时候从来不敢真人出镜，就连官网上放的主播联谊活动拍的照片，他也只露了半个身体！"

男人好看的眉毛皱了皱："你就没有想过问题出在别人的身上？他之前的助理都是女的，万一是她们对他有一点想法……"

他的话在乔姝听来就是另外一个意思，她立刻警觉道："什么？难道他还玩潜规则？"

男人：……

就在这个时候，电梯"叮"地响了一声，七楼到了，他们一前一后地走出了电梯。

乔姝无视男人像是吃了翔的表情，非常热情地说："真是超级感谢你提醒我，不用担心我，我一定会小心的，而且我的包里还装了辣椒水！"

然而男人并没有接话，也没有离开，反而走到了乔姝的前面，从口袋里拿出钥匙把乔姝面前的工作室大门打开了。

在乔姝震惊的目光下，他勾起了唇角："正式介绍一下，我就是你说的那个长得丑还妄想潜规则员工的老板——陆恒！"

乔姝：……

## 02

沉默，长久的沉默。

乔姝终于感受到了什么叫作出师未捷身先死！

她只能硬着头皮开口："哈哈，最近空气有点干燥，我都上火了。我这个人一上火就容易神志不清、胡言乱语，刚才说的那些话，都不是我的本意，你千万别当真，别当真……好吧，我错了，对不起！"

在陆恒的注视下，她实在是编不下去了。

陆恒笑了笑，手里晃着刚刚从她那里缴获来的凶器——辣椒水。

"怎么会是你的错呢？你不能向'潜规则'低头啊，你包里正义的辣椒水不是都准备好了吗？"

乔姝：……

场面一度很尴尬，好在直播的时间到了，陆恒暂时放过了她。他走到电脑前坐下，迅速登陆了直播账号。

果然是大佬，不论是游戏装备还是游戏皮肤都是上等货，甚至有一些宝物她见都没见过。

其实一般的游戏主播根本不需要直播助理，但是陆恒这个人玩游戏话特别少，不会像别的主播那样活跃气氛，甚至连"谢谢礼物"这种话都不会说，还觉得太多的弹幕只会影响他的视线，耽误他打游戏。

但是毕竟是要吃饭的，所以请了助理来替他打理这些事情。

然而真正玩上游戏了，乔姝才知道陆恒的粉丝有多疯狂。根本不需要他说什么，他只是一句简单的“快走，往大门跑”，都会让粉丝们疯狂刷弹幕送礼物，说他太帅了太苏了！

乔姝一脸黑人问号。虽然陆恒的确长得不错，但是没见过真人的粉丝是怎么通过声音判断出来他长得帅的？

几场游戏下来，陆恒大获全胜。

中间的休息时间，乔姝拿出自己的千层蛋糕，刚准备吃，就听见陆恒幽幽地开口：“你手上的蛋糕看起来不错啊！”

乔姝敏锐地察觉了他话中的危险，立刻解释道：“这个是我买给自己吃的！”

“来，我们讨论一下你刚才诋毁我的赔偿问题……”

“我突然觉得还是给您吃，才更能体现出这个蛋糕的价值！”

陆恒终于满意地点了点头，把蛋糕接了过来。

眼睁睁地看着她的蛋糕进了陆恒的肚子，她仿佛听到了自己心碎的声音。

乔姝感觉自己的胃里更空了，正当她垂头丧气地准备出去接水喝来充饥时，却被身后的人叫住了。

乔姝没好气地开口：“干吗？”

“桌子上有零食，拿去吃。”

“给我的？”

乔姝有点怀疑自己的耳朵。

被她这么一问，陆恒的语气有些不自然：“你不要多想，我是怕这件事传了出去别人以为我苛待助理。”

## 03

如果说第一次她当着陆恒的面骂他被发现是巧合的话，那么第二次被发现，只能说是孽缘了。谁能告诉她，为什么她会在学校的JAVA课上，看着陆恒抱着教材走进来?

乔姝还记得昨天临走的时候，为了博取陆恒的同情，她还声泪俱下地控诉了JAVA课有多么难，顺便跟他推测了一下新上任的老师应该不是地中海就是啤酒肚，怎么今天新老师就变成陆恒了?

怪不得他当时的表情那么丰富!

不知道是有意还是无意，明明是在二百多人的大教室，乔姝举着书挡脸偷瞄的时候都被他准确无误地抓住了，甚至还朝着她的方向笑了一下。

陆恒的笑让乔姝后背发凉，却惹得她身后的女生们疯狂尖叫——

“啊！他是在冲我笑啊！”

“胡说，明明就是在冲我笑！”

“一定是我，我今天涂的口红的颜色是斩男色……”

听着她们的对话，乔姝无奈地摇摇头。还是她们太年轻，怎么就看不出来人心的险恶呢?

陆恒站上了讲台：“大家好，我是本校计算机学院的博士生，也算是大家的学长。因为还有不到一个月的时间就期末了，而新老师下学期才开始接管大家，所以剩下的一段时间就先由我来为大家代课。”

他一说完，教室里立刻响起雷鸣般的掌声。有什么能比有一个学长给自己代课更能让人兴奋的呢!

陆恒笑笑，示意大家安静：“首先点一下名字，温文，李华……乔姝。”

“到！”

乔姝本以为他一定会趁机报仇，都已经准备好慷慨就义了，没想到他就仅仅是点了她的名字，就让她坐下了。

莫非陆恒真的大人不记小人过，放过她了？

然而接下来他就让乔姝深刻地认识到，她刚刚的想法有多么天真！

陆恒：“我们先提点问活跃一下气氛。谁能来回答一下，这个程序为什么要引用指针变量？”

大家都很有默契地低下头或者看向别处，避免和他的视线撞上。

陆恒扫了一圈，忽然盯住了她，乔姝有一种很不好的预感。

果然下一秒就见陆恒笑了笑：“很好，乔姝同学非常踊跃，那就由你来回答吧！”

嗯？她干什么让他误会她积极了？

乔姝硬着头皮站起来：“因为指针……指针……对不起，我不知道！”

陆恒微笑着道：“没关系，下课跟我来一趟办公室。”

乔姝：……

## 04

乔姝从办公室里出来的时候，脸色已经隐隐泛青了。谁能想到，都 2019 年了，她都已经是个大学生了，居然还逃不过补课的命运！

同时她也禁不住感叹，这个世界是真的小，大名鼎鼎的电竞大佬，居然是她同校的师兄！

陆恒跟着她一起从教学楼里走出来：“明天下午有时间吗？”

“没有！”

乔姝完全是下意识地回答。

这两个小时，她浑浑噩噩的，陆恒讲得很认真，她也听得很认真，但是这知识它就是不进脑子啊，左耳朵进，右耳朵出，简直就是折磨！

陆恒笑了笑：“没有的话就挤一挤，我已经在你们的课程群里发了通知。临近期末了，安排班级里成绩比较好的同学给成绩不太理想的同学补课。而你，非常幸运，由我来带。”

乔姝当即就急了：“为什么我是你来带？”

陆恒似笑非笑地看了她一眼：“那当然是因为你的成绩非常突出啊。”

乔姝：……

上次期中考试，乔姝以 60.5 的成绩飘过了及格线，她高兴得立刻到外面的花鸟市场买了两条小金鱼放生，用实际行动感谢上天让她通过考试。

说话间，他们俩已经不知不觉走了很远。眼看着就要到女生宿舍了，乔姝才反应过来，陆恒怎么跟着她过来了：“男生宿舍不在这边！”

陆恒连停顿都没停顿，极其自然地回答：“嗯，我知道，先送你回去。”

“不用——”

乔姝还想推脱，陆恒直接打断了她：“我想散散步，不行吗？”

乔姝：……

屁事真多！不过乔姝不敢说出口，只能在心里偷偷骂他。

然而没想到，尴尬的事情发生了！

在通往女生宿舍的必经之路上有一片小花园，因为景色优美，所以成了情侣们谈恋爱的最佳场所。

这个时间，吃完了晚饭的情侣们都相约在这里，或者牵着手一起散步，或者靠在长椅上说情话，更有大胆的会直接在这 kiss。本来是很浪漫的事情，但是她身边此刻站着陆恒，所有的浪漫都变成了尴尬！

偏偏这个时候，不远处注意到他们俩的几个女生小声议论起来——

“哇！你看他们好般配啊！”

“是啊，她男朋友好帅啊！”

“看她的眼神还那么温柔，我要是她真是幸福死了！”

乔姝：……

确定他的眼神是温柔，不是蔑视？

乔姝觉得这种情况她再不说点什么，就拦不住女大学生们天马行空的想象了。刚想解释，陆恒却先她一步开了口，语气淡淡的，跟给她讲代码的时候没什么两样：“怎么停下了？你也等着我吻你？”

乔姝：……

他是怎么这么自然地说出来的？

乔姝吓得疯狂摇头。

虎狼之词，虎狼之词啊！

05

这两天乔姝真是连轴上课，上课跟着陆恒学习，下课跟着陆恒学习，直播了还学习。辛苦是真的。她的世界里全是陆恒的影子，都快成噩梦了，好在功夫不负有心人，乔姝的期末考试成绩很好，尤其是JAVA这门课，她考了班级第三，这是她之前想也不敢想的事。

她欢欢喜喜地给陆恒打电话，告诉他这个消息，毕竟他有很大的功劳。没想到这厮十分傲娇：“才第三，有什么好乐的。再给我点时间，你肯定能拿第一。”

虽然他嘴上这样说，乔姝还是听出来他语气中的得意扬扬。

陆恒：“我要到A市去参加游戏比赛，中途也要直播，你要不要一起？”

他要是不说，乔姝都快忘了她是陆恒的直播助理这回事了。

电话那边还在诱惑她：“我听说A市的糕点特别有名，如果某人愿意去的话，不仅食宿、车费都是公费报销，还会提供美食基金，可以随便去吃当地的美食。当然了，你如果不想去，我也不会勉强的，只能找别人——”

“我去！”

这等好事，她怎么能错过？

比赛一共分为三天进行，陆恒在所在的精英小组压轴出场，在第三天比赛，其余都是自由时间。

“为什么穿成这样？”

陆恒看着乔姝，皱了皱眉。

乔姝左右转了转：“怎么了？去海边多合适呀！”

她今天穿了一身波希米亚风的长裙，一会儿去海边晒晒日光浴，多美好啊！

陆恒又没头没脑地来了一句："可是我没带沙滩裤。"

这有什么关系吗?

看着乔姝疑惑的神色，陆恒突然有点气闷："你根本没想过带我一起去，对吗？"

说实话，她还真是这样想的，不过为了不打击他，乔姝拍了拍他的肩膀安慰道："不是我不想跟你一起去，而是马上就要比赛了，你要在房间为比赛做准备嘛。放心，我会给你带纪念品回来的！"

乔姝拿上墨镜，刚准备往外走就听见身后陆恒幽幽地开口："我记得这附近有家海鲜餐厅特别有名，就是价格比较贵。巧的是我刚好有一张贵宾卡，可以半折优惠，不过——"

乔姝已经握在门把手上的手又重新收了回来，转过身，露出一个得体的微笑："请问我能邀请你一起去吗？"

陆恒回答给她的是一个傲娇的"哼"。

最后他们不仅一起吃了海鲜,还去了当地很有特色的一个小酒吧。

里面的人很多，唱歌、跳舞、喝酒、聊天，干什么的人都有，气氛非常热闹。

陆恒看着她："想听我唱歌吗？"

乔姝的眼睛亮了亮："你还有这才艺？"

他笑了笑："等着。"

陆恒走上台，点了一首《When I Fall In Love》。

**When I fall in love,**

**it will be forever,**

**Or I will never fall in love**

**……**

陆恒唱得专注而深情，整个酒吧的人都忍不住为他侧目。

乔姝有些痴痴地望着他，她觉得自己应该是喝多了，不然她的心跳为什么会因为他而加快了呢？

陆恒唱完歌回来的时候，乔姝的脸上已经染上了两团红晕。她拉住他，笑得有些迷离：“你长得真好看！”

陆恒的手一顿，顺着她的话问：“那你喜欢我吗？”

这时酒劲上来，乔姝已经彻底醉了：“我为什么要喜欢你妈？我都没有见过她！不过能生出你这么漂亮的孩子，她也应该是一个美人了，是美人的话，我当然喜欢了！”

听见她的回答，陆恒不由得失笑，她是真的醉了。

陆恒身体前倾，声音中都带着蛊惑：“既然我长得这么好看，你也应该是喜欢我了？乔姝，你喜欢我，喜欢陆恒对不对？”

乔姝早已经没有了意识，迷迷糊糊地顺着他的话说：“对啊，我喜欢，我喜欢陆恒……”

## 06

第二天一早，乔姝是带着醉酒头痛后遗症醒来的。

几乎是她醒来的同一时间，门被打开，陆恒端着早餐走进来。

“快去洗漱，然后起来吃早餐，我们今天还可以再去一个景点玩。”陆恒的语气异常温柔，脸上带着微笑。

明明这笑容很好看，但是出现在陆恒的脸上总有一种强烈的违和感，就像……狐狸的笑脸，总觉得他是在想什么坏主意。

乔姝：“你能不能别笑了？你这样我有点害怕，是不是我昨天晚上喝醉了，对你干什么了？”

陆恒勾起唇角：“是呀！”

她就知道！陆恒这么反常一定是有原因的！

“对不起，我不记……”

乔姝刚想真诚地承认错误，就被他打断：“你向我表白了。”

乔姝：……

什么？她不是揍了他一顿而是向他表白了吗？

乔姝揉了揉额头，干巴巴地解释道：“这个是误会啊，我就是酒后胡言乱语的，你千万别当真！”

没想到陆恒的态度却异常坚决：“不行！我已经当真了！所以你必须喜欢我，不能后悔，不然就是在浪费我的感情。”

乔姝：……

这种事情还有强买强卖的？

乔姝舔了舔嘴角，急忙解释：“不、不，你真的别勉强啊，千万不要因为我酒后向你表白了，你就有了心理负担，这件事情一定要考虑清楚！”

陆恒无奈地笑了笑：“非要逼我说出来吗？”

“什么？”

“我喜欢你。”

07

陆恒有一个从来没有告诉过乔姝的小秘密，其实这一切都不是偶然发生，而是一场蓄意的安排。

时间回到几个月之前，那时候陆恒还不认识乔姝，反而经常在导师那里听说她。导师经常是一边夸乔姝，说她是一个长得又好看、性格又好的小姑娘，一边被她交上来的 JAVA 作业气得吹胡子瞪眼。

他听得多了，自然而然对乔姝这个老师口中的“憨憨”产生了点兴趣，还没等他下黑手，就看见这个“憨憨”跑到自己直播间应聘，那陆恒这个老狐狸能让进了窝的兔子跑了吗？可不就半推半就地叼回了窝，自己甜腻腻地圈起来了。

END

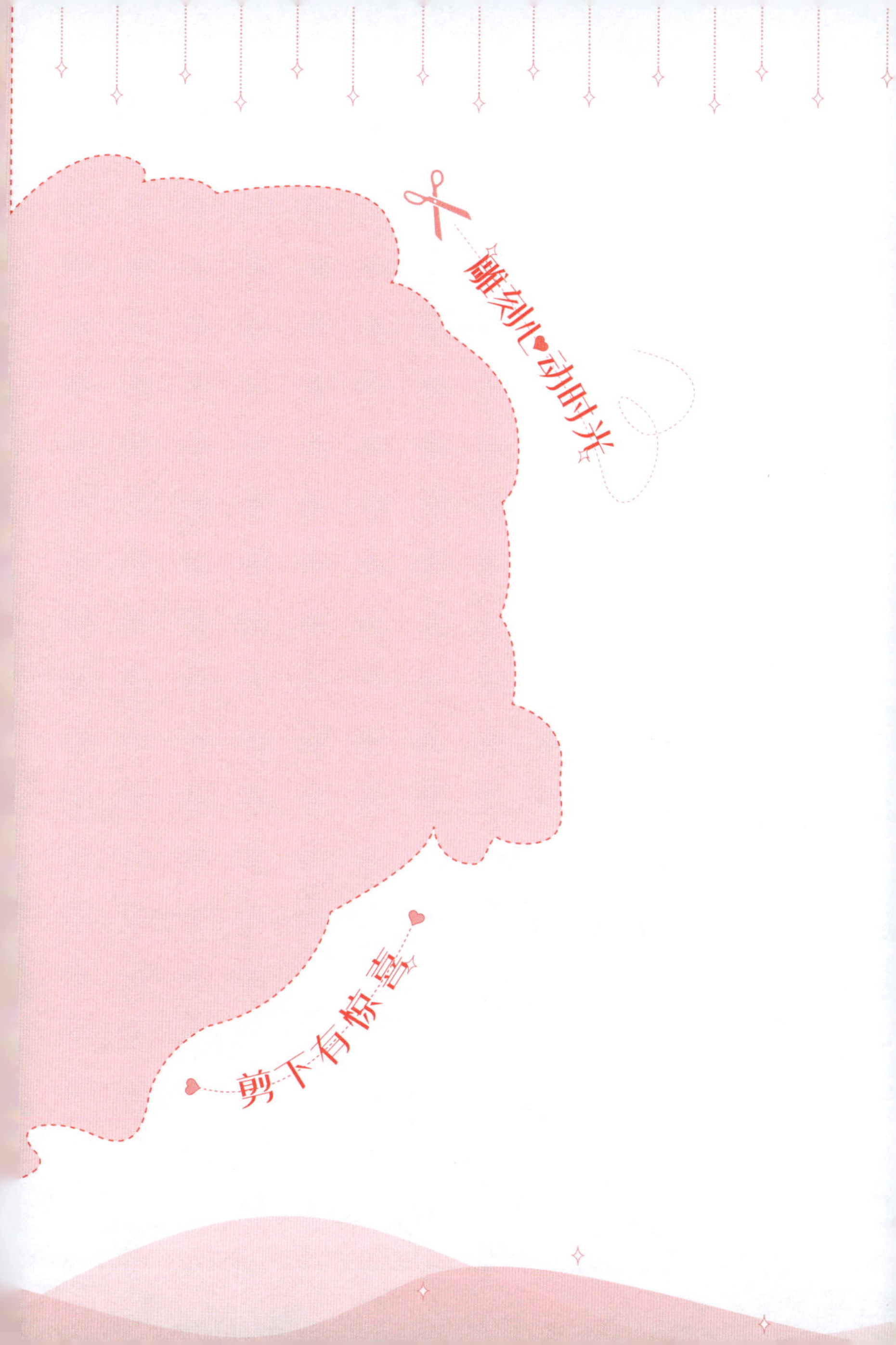
雕刻心动时光
剪下有惊喜

et.

# 少君开个屏

文 / 绿蜡

蜂蜜柚子那样甜的
微博 @ 绿蜡的本尊

## 01

鸿蒙学馆开了山门，四面八方的小妖和幼童蜂拥入学，喧嚣了好几个山头。

白越最怕吵，便将实验室门窗紧闭。

她小心地将水晶瓶里盛装的浓缩灵气注入发射器中，在最紧要的关头，腰上挂的传信纸鸢冒出莹莹蓝光。

光飞至半空，展开一片光屏，露出一张华艳至极的少年面孔。

“你在哪儿？”少年问。

白越眼睛被刺得生痛，不能直视，手上动作缓了一分。

只一分的工夫，压缩灵气暴动炸裂，整个实验室成一片废墟。

功败垂成。

白越心里积了一吨的脏话，无语地躺在废墟中。

怎么就忘了关闭纸鸢通讯呢？

纸鸢落她上方，光幕中的少年问：“刚才爆炸的是什么招式？”

她无奈地看着他，扯掉身上被炸得乱七八糟的护甲。

“还能动？看起来威力也不怎么样啊。”少年仰起下巴，“受伤了？要不要帮忙？”

“不用。”白越道，“采蓝少君，我在实验室。这会儿实验失败，得立刻向先生如实汇报，所以接下来会忙——”

采蓝眨了眨眼睛，抚了一下颊边的宝蓝色冠带，笑道：“忙？你去学馆六年，从未主动传信回青要山。我每让纸鸢寻你，你便说忙，竟不知到底在忙些什么。如此，我就亲自来看看。”

白越心感不妙，跳上废墟的最高处遥望山门云台。那处飘着不少妖仙族送娃入学的宝车，车顶闪耀各色宝光，其中一乘带了孔雀标记的宝蓝色飞辇荡在最高处，惹眼得很。

她不可置信：“少君，你接了学馆的入学函？”

采蓝颔首：“他们既敢发，我为何不敢接？你速来山门云台，替我办入学。”

“恐怕不能。”

“为何？”

“在孔雀族中，我尊你为少君，事事听从于你。”她道，“可学馆里从未有过学姐被学弟使唤之事，少君，还请你自便。”

## 02

白越关闭通话，从垃圾堆里翻出黑盒子，找鹤先生复盘。

鹤先生打开黑盒子看实验过程录像，叹气道：“你毁了我多少个实验室？”

白越答不出来，只道：“先生，这一次是意外。若不是被纸鸢传信分散注意力，是必成的。”

鹤先生却有不同意见，他道：“你对灵气的性质已经很熟悉了，炼器上也没有问题，但有一门功课却稀松。”

“什么？”白越不服气。

先生点着录像上她的手：“终究是手不够稳当。如果换成用人族的机关术来控制，结果会完全不同。我说机关术厉害，你别不服气。仙妖人三族，仙族有仙术和灵力，妖族有强横的体魄和妖力，人族有的只是蝼蚁之力和一点智慧之光。可他们借着那点光，不仅建出了穿山跨谷的高速路桥，还制出能在血管中畅行的机器人。”

白越想了想，立刻点头。

鹤先生笑道：“这就对了，我去帮你联系几个下界的机关术先生。”

她道谢，去教务处报备事故并清理现场，仿佛忘了采蓝。

傍晚时分，教导处佘先生传来纸鸢：“白越？”

“是。”她回。

“来一趟教导处！”

“什么事？”她问。

“你族中一位叫采蓝的少君，同凤族一位叫凤飞阳的少君，在云台上打起来将山门搞得一塌糊涂。若非我去得快，必要伤着别的小童。”

“学馆里有处理相关事宜的师长——”

“采蓝少君单点了你的名，他只要你。”佘先生眉眼不动，“所以，你来。”

白越咬牙切齿地抵达教导处，采蓝正在禁闭室思过。

他穿着宝蓝华裳，头戴羊脂玉冠，颈项上有一条还在滴血的深长爪痕，显然是战况激烈。

佘先生冲她一点头，递出来一沓厚单子，道："来了？其他人全处理好了，只剩你了。"

白越对先生行礼，接了单子细看，立刻明白为何一定要她来。

一长串的损失清单、赔偿明细。这是钱的事，好办。

要写三千字保证书，另受三次鞭诫。这是面子的事，非常不好办。

鸿蒙学馆在三界地位超然，但其倡导仙妖人三族平等的教育方针，并不被大部分强横的妖族认可。

大妖们几十年如一日地拒绝学馆发出的入学函，只有实在无法推脱的时候，才会随意在族中选几个小妖意思意思。

采蓝和凤飞阳这般地位的少君能来上学，是给了学馆天大的面子，简直可做三族和谐共处的招牌。

因此，纵然两位少君砸了山门，罚款可以，但鞭诫是万万不行的。

凤飞阳那三鞭子，也是找了下位的族人代替的。

白越心中有数，走到禁闭室外，恭恭敬敬叫了一声："少君。"

采蓝眼珠子动了动，转身看她，很不满地问："怎么才来？"

"山门云台修复，需要——"她不答，直接说了正事。

采蓝不耐烦地从广袖里摸出一个宝囊丢给她："拿去吧，够修几次山门了。"

白越捧着宝囊去交罚款，又写下三千字悔过书。

书毕起身，开始脱碍事的外裳。

采蓝已经走出禁闭室，见状诧异地问："你做什么？"

白越没答，将外裳整整齐齐叠好放墙根。

佘先生摸出怀中的骨鞭，指着旁边的空地："去那处，施展得开。"

白越从善如流。

采蓝不喜人不回话，挡在两人中间，面色不善地盯着佘先生的骨鞭。

佘先生和善道："尚有三次鞭诫，少君莫急。"

采蓝皱眉看着白越，满眼疑惑。

白越晓得佘先生根本没和他谈鞭诫的事，道："赔偿之外还有惩罚，是学馆的规矩。"

佘先生等得不耐烦，走到边上，一把甩开骨鞭。

他道："别磨蹭，三鞭免不了。赶紧来，早完事早走。"

白越要去，采蓝伸手将她拉身后。

她告诫："少君，这里是学馆，不同咱们青要山。"

不可任性妄为。

采蓝伸手拍拍她的脸，戏谑道："学姐既不受学弟指使，怎么又能代学弟挨打？一边等着吧。"

说完，他退开一步，扒了身上的大外套丢她头上。

她猝不及防，手忙脚乱要拉开，却听得佘先生挥鞭子的声音。

打在皮肉上的每一声都让白越听得心惊胆战，又万分疑惑——采蓝一贯对学馆嗤之以鼻，怎么突然入学了？又怎会心甘情愿挨佘先生的打？

事有反常，必有妖。

03

白越向母亲询问采蓝之事。

她大胆猜测：“少君一向不赞同族人入学，突然来，是离家出走吗？”

母亲不答，却交代：“少问，少打听。少君入学馆，只怕是想着你在那处，互相有个照应。你好生侍奉他，无论怎样，他是你少君，也护了你平安长大，要记这个恩情。”

白越记恩，然少君级别的关照实在烫手。

入学庆典，新生代表讲话，请上去一名人族少年。

小妖们不服气，鼓噪得很。

全场凤飞阳跳得最欢，没等人讲话完毕便夺了话筒发表狂言：“区区人类，如何能同仙妖二族并列？既是代表，就该由新生推举，否则无法服众。”

他代表广大妖生推举自己为新代表，让赞同的举手。

采蓝懒洋洋地举手，也走上台道：“道理是这个道理，只是人选要慎重些。入学闹山门之辈，万不能做三族表率。”

明为支持，实则拆台。

凤飞阳立刻恼了，眼见又要闹场。

白越心头叫苦，躲鹤先生身后。

鹤先生问她：“这就是今年归我管的俩刺儿头？大妖级？”

她点头。

先生嫌麻烦，若有所思地看着她问：“那位采蓝，是你家少君？”

白越感觉不妙，马上撇清关系：“少君便是少君，怎是我家的？”见状要溜。

鹤先生一把拎了她后颈项：“跑什么？熟人好办事，你必不怕他。”

她头皮发麻：“先生，我怕的。”

先生不信，道：“你来，帮我当个助教，顺便管管他们。”

“不要。”

一个小妖，何德何能去管大妖？想死吗？

“去下界找先生学机关术，还想不想了？”鹤先生威逼利诱。

白越当然是想的，果断屈服。

## 04

助教不好做。

鹤先生先帮白越立威。

第一堂课，他从仓库里搬出许多粗糙的灵力炮实验品来，对着荒山头一阵猛烈的炮火攻击。

大片岩壁垮塌，看起来声势浩大。

鹤先生得意地拍着她的肩膀介绍：“白越，你们学姐，在灵力武器一道上天赋惊人。这些粗重玩意就是她造出来的，厉害得很吧？以后她会代我上课，你们好好听她话。”

无人应答。

只有采蓝抬起双手，缓缓地拍起来，不知是称赞还是嘲讽地说：“厉害。”

白越脸皮再厚，也忍不住面红。

其实一点也不厉害，下面不少新生动动手指便能造出这般效果，更不用说采蓝少君了。

白越装模作样上完第一堂课，准备闪人。

采蓝挡着去路，指着那处废墟问：“你六七年不回青要山，不眠不休研究的，就是那玩意儿？”

白越觉得“那玩意儿”几个字刺耳，更正道：“我给它起了名字，叫灵力炮。”

“好吧，灵力炮。”采蓝改了称呼，十分嫌弃地问，“除了能打碎几块石头，吓住普通人类和几个小妖，还有什么用？”

强者天生不和弱者共情，采蓝自然无法理解白越折腾许多年，搞出灵力炮意义何在。

白越不同他废话，笑嘻嘻道：“少君说得对，都是鹤先生夸张。就随便玩玩，玩玩而已——”

随便找个借口，跑走了。

然日日面对挑剔的采蓝，终究为难。

白越盘算一番，既然先生晓得找助教来躲麻烦，她何不选个班长来避开采蓝纠缠？

凤飞阳不是个最好的对象？

她打好主意，办完实验室损毁和重建报告后，立刻往鹤先生办公室走。

到了门口，却见采蓝拎了俩包袱从里面走出来。

她躲避不及，只好硬着头皮问：“少君来找先生，有什么事？”

采蓝晃晃包袱：“帮着拿上课用的器材，顺便和先生聊聊。”

白越警戒地看着他，能有什么好聊的？

他道：“先生十分好聊，对着我夸了你小半个时辰。说你的研究正在关键时候，一旦突破，灵力炮的威力将得到极大的提升。到时候，不说灭杀大妖和仙君，就连镇在各处大关之外的邪祟和魔物也能一炮轰碎。你这样的人才，是学馆重点培养的对象，指不定以后能影响三族格局。他准备留你在学馆做专门研究，问青要山愿不愿放人。”

采蓝更凑近了看她，嘴角勾起一点冷笑，“学姐好有主意，连出山这样的大事都自己做主。先生来问，我这个少君竟一无所知。我有点不太记得了，学姐当年说来学馆，是为什么来着？要不要回青要山问一问主君？”

表面和颜悦色，实则怒气冲天。

白越的小命在死线上徘徊，她胆战心惊道：“先生客气罢了。我受少君大恩，一刻也不敢忘来学馆的目的，请少君信我。”

采蓝长呵一声，又拍拍她的脸：“恩不恩的不提，信不信的，端看你如何做。顺便说一声，先生叫我做班长，协助管理课堂纪律。”

她沉默地看着他。

他冲她一笑，甩着包袱扬长而去。

## 05

白越被采蓝缠得死死的。

上课，他坐第一排，盯着她看足一堂课。

下课，他跟她屁股后面，要么交作业，要么申请教学器材，要么让她办课后答疑。

若是假日，他就提前约时间，叫她带着灵力炮去演示——如何成为能灭杀大妖的潜力武器？

这些行为，全带着恶意和戏谑。

白越心惊胆战，生怕哪里做得不对让他抓住把柄。

她无奈地问鹤先生："推荐信什么时候好？我什么时候可以去下界？"

鹤先生要她耐心："人族的机关术是一整套完备的工业体系，一个地方学不全。我给你联系了好几个先生，负责不同阶段的指导。可下界乃是仙妖两族的禁地，等闲不会同意妖族进去。我申请许久，他们正在论证可行性，应该也快了。"

等得快要不耐烦的时候，凤飞阳找上门来。

"学姐，你处事不公。"

"怎么不公？"她问。

"采蓝拿着鸡毛当令箭，在班上排除异己。我抗议他玩弄权柄，三两句不对就打起来。他打我的时候，你不吭声；可我打他的时候，你立刻报告先生，这就是不公。"

白越笑，小伙子还挺能给人扣帽子，便反问："放任私斗，就是公平？"

"怎么是放任？只是要学姐避嫌，或者一碗水端平。毕竟他是孔雀少君，学姐是孔雀族人。你受他管，怎么能做得令人服气？"

凤飞阳故意找事，惹得白越发笑。她故意问："我怎么做你才服气？"

他笑了："采蓝小看我，我欲同他比个高下。下次实操课，我诱他去野谷，用原身分个胜负。”

妖族强者为尊，分胜负，便是决出支配者。

白越不觉得这是个好主意：“学馆里禁止私斗。”

凤飞阳却笑了：“既然禁止，代表以前肯定有人这样干。既别人能干，为什么我和采蓝不可以？再说了，我看学姐被采蓝缠，也为学姐不平。等我打赢了他，分出上下尊卑来，让他不准接近你，如何？”

白越面无表情地看着他。

凤飞阳再接再厉：“其实也不要学姐做什么，你只需睁一只眼闭一只眼，等我和他打得差不多了，再请先生来。如此，既不耽误咱们分胜负，又不违反学馆的规矩。”

有点心动了。

他看出她的动摇，又开始利诱：“据说学姐的项目遭遇困境，普通的实验室已经无法完成实验了。我愿资助学姐建独立实验室，更愿为学姐摆脱青要山出一份力。”

为了打个架，居然要为她彻底解决后顾之忧？

白越搞不懂这些少君的脑子，道：“给你三息时间。”

凤飞阳拱手，满意而去。

恰逢实操课，白越拉着几十个学生上山。

采蓝配合课程要求，去找荒芜的山头准备放炮。

没一刻钟，凤飞阳紧跟了过去。

白越在心里默数一息，估计着两人开打了，驾起云舟追赶。

越过十个巍峨山头，见远处升起恐怖的烟尘。

果然是打起来了。

凤飞阳亮出凤凰原身，羽毛上燃烧着无尽的灵力，光芒将整片山谷照得透亮。

他一伸爪，抓落一大片山壁；他一抬腿，近身的巨石全部粉碎。

如此猛烈的攻势，按理采蓝也应以原身抵抗才是。

可他依然保持人身，月白色的校服被撕乱，玉冠也不知落去何处，显得十分狼狈。

白越疑惑他为何不亮出原身，犹豫着将云舟停下来。

只这会儿工夫，凤飞阳发现了采蓝的藏身之处，一爪探入石缝中。

凤飞阳哈哈大笑："死孔雀，叫你嚣张。你不跪地求饶叫爷爷，必是要吃苦头的。"

"乖孙子从来都要让祖宗吃苦头，想让我吃苦，该你叫我爷爷才对。"采蓝反唇相讥，用两手扣着凤凰的爪子往外推。

凤飞阳被采蓝的大力震了一下，惊之外还有怒，不免就使出全力，石缝所在的整个山谷崩塌了。

然采蓝依然不肯变回原身，反而从烟尘里飞出来，直上最高峰。

白越估摸着时间到了三息，手摸上腰间的纸鸢，准备给鹤先生传信。

凤飞阳却不死心，拍着翅膀跟上山，挑衅道："躲来避去，懦夫行为！"

采蓝冷笑："你连我人形都挡不住，还妄想原身？"

"挡不住？"凤飞阳气恨，口不择言起来，"是我挡不住，还是你亮不出？年前青要山到处发帖子，说什么千年难得一见的厉害少君要成年，请大家去观礼，闹得整个妖界都知道了。结果呢？你当着那么多人，开不出屏！真是笑死人了，成年礼成闹剧，开屏日硬生生被剥夺继承人之位，是不是？”

凤飞阳笑得猖狂，还接着刺激他，“你以为躲到学馆来，就没人知道这事？你再猜猜你家那个小白孔雀怎么突然投靠我？怎么同意帮我将你引诱至此？你想清楚自己处境，乖乖说一声爷爷我错了，我便饶了你。否则——”

白越的手顿住。

孔雀一族生来凶恶，以战力立足，也只选最强的少君作为继承人。

而评判继承人有两个依据。

一是当其出壳之时，以毛色蓝绿色为尊。蓝色或绿色越纯，代表血统越强，长成后的战力越惊人。

二是当其成年之时，展示开屏之术，以判断其发育是否完备，能不能承担繁衍的职能。

两者俱有，方能登上尊位。

采蓝生来通体宝蓝，血脉最纯正不过。可若开屏不能，代表他无法向异性求爱，更无法通过血脉传递力量，完全不能承担继承人之职。

怪不得他莫名其妙跑来鸿蒙学馆，原来是落魄了。

白越隐约有些同情，用力拍下纸鸢，通知鹤先生。

采蓝面无表情地听凤飞阳奚落，隐约有些不屑，甚至还能分神瞥一眼她所在之处。

鹤先生来得快，见情况不对，单手化成一只老鹤的利爪，将他们分开。

凤飞阳在盛怒中，不断挣扎。

鹤先生放开采蓝：“臭小子，边上好生等着。我收拾了这只小凤凰，再来和你讲道理。”

采蓝拱手，落地，站到白越身边。

白越见他头脸脏污，想起他在青要山时的风光尊贵，为他可惜。

人说落毛的凤凰不如鸡，其实不能开屏的孔雀又何尝不是呢？

他从来骄傲，可越将腰背挺得直，就越显得可怜。

她忍不住摸出一张手帕：“擦擦吧。”

采蓝接了手帕：“同情我？”

白越断然否认，堂堂少君，何须她一介小妖同情？

采蓝冷笑：“不是同情，就是背叛了？知我落魄，便想借凤飞阳之手离开青要山？”

白越更不肯认背主的大罪，连连摇头：“不敢。只是建实验室费钱，想请他资助一二。没想到他跑你面前嚼舌根，挑拨咱们主仆之情，实在可恨。”

采蓝勃然大怒：“不敢？我看你敢得很！只怕你连为什么来学馆，都忘得一干二净了吧？”

## 06

采蓝出壳前，主君送他一只叫白越的小白羽做侍者。

所谓白羽，乃是族中少见的妖力低微且血统不纯的白孔雀，需要常年吸收妖力才有机会成年。

采蓝虽在壳中，但天生妖力和智慧已经觉醒，不想要这样弱的跟班，更不想将自己的妖力分给她。

主君却教导道：“不知弱，怎会懂得强？你留她在身边，看看弱者如何挣扎生存。”

白越新来，十分乖巧，对着几个旧侍者叫哥哥姐姐。

这是谄媚。

白越嘴巴甜，手脚勤快，不仅很快接手清扫的活儿，闲了还帮其他人跑腿。

这是谄媚的进阶——讨好。

采蓝感叹，弱者活着可真累。

白越向所有人顺服，侍者们不仅不体谅，反将更多不方便的粗活甩给她。发展到最后，收集香草的活也落白越头上了。所谓香草，乃是铺在窝中的柔软干草，能源源不断地向未孵化的少君提供力量。可香草长在青要山顶峰，十分难采。平常是几个大侍者化出原身，飞跃山巅，穿透一片厚重的灵力障壁，将之一束束叼下来。

虽然白越能化出原身，但双翅无力，根本无法穿透灵力障壁。

她只能靠双脚，一步步登上顶峰，再将香草背回来。

侍者们一日能完成的工作，她足足耗费六七日，还搞得浑身伤痕。

采蓝嫌弃，本不愿用她采回来的香草。

可白越抹一把脸上的脏污，笑嘻嘻地问侍者："我能和哥哥们做一样的事，是不是也很强？"

侍者嘲讽道："就凭你？一个小鸡崽子，配说强？也就做点跑腿的小事——"

"为少君采集香草可不是小事。"白越收了笑脸，高高地抬起下巴，"我没来的时候，哥哥们要分摊着才能将少君身边的事做了。我来了后，原本四人做的事，我一人就好好地完成了。一比四，怎么是弱呢？这足以证明少君有我就够了，哥哥们才是多余的，对不对？"

几个侍者被哽住，要打她。

白越却再没往日乖巧的样子，直接跳到采蓝的窝后面，冲他们挑衅："少君还在呢，你们就敢无礼？不如听少君怎么说！"

采蓝觉得此番反转有趣，便暂且留下她来，逗个乐子罢了。

自那后，白越逐渐恢复本性，对他人也显出些好斗和顽劣的模样。

主君感叹："到底还有孔雀的血性在。"

采蓝深以为然，不再抗拒她接近自己。

白越知分寸，只在完成工作后蹭在窝边，悄悄地吸一些溢出的妖力滋润身体，逐渐从一个小丫头片子长成豆蔻少女。

然那小白孔雀被他妖力滋养的不仅是身体，还有野心。

采蓝出壳那日，纯澈的蓝色光芒从青要山中升起，直刺云霄。

四方震动，各族俱派了使者来贺。

他扇着翅膀，绕山巅飞了许久，展示羽毛上象征着力和美的纯粹蓝色。

落地之时，白越直勾勾地盯着他的羽毛看，特别是还没长成的尾羽。

孔雀爱美，更爱被人夸赞，他便问了一声："如何？"

白越目眩神迷："少君之美，世间少有。"

采蓝立刻收了笑，一翅膀扑腾过去，将她甩去天边。

雄孔雀向来以强横的力量和无匹的美貌著称，甚至会在每年三月聚一起比拼毛色，获胜者会骄傲地行至心仪的雌性面前开屏，求偶。

若雌性有意结成佳偶，则会赞一声"美"。

毛都没长齐的小丫头，还是个白羽，居然敢觊觎他？

采蓝自以为洞悉白越的心思，常问她："你喜欢我？"

白越不敢应答。

“凭你，也配？”他反问。

她被质问得惭愧，耷拉着肩膀出去干活。

采蓝觉得好笑，立在树枝上耍弄指甲，偶尔抬头看她一眼。

他晾她几日，感觉冷落得差不多了，又问：“你知错了？”

白越恭敬道：“少君，我错了。”

采蓝听她说得诚恳，大度道：“知错就好，以后都改了吧。不过，也别太过自卑。毕竟许多普通的白羽生下就死了，你还能上青要山，靠着吸我妖气长大，已经很幸运了，要知足。”

“少君教训得对。”

采蓝驭下有方，心满意足。

然偶尔心血来潮，还是要问上一句：“可改好了？”

白越先是无声，后低头道：“本性难移，只怕还需要一些时日，请少君见谅。”

他哼一声：“尽快改了吧！要让人知道我被一只白羽爱慕，可要笑死了。”

她头垂得更低了，显然伤心欲绝。

也算她倒霉，简单的对话被一个兄长听见。

兄长爱玩闹，知晓了这桩异事，立刻传扬得整个青要山都知道了。

采蓝本想阻止，可看着白越惊慌失措地同人解释，又随她去了。

主君听了闲话，叫二人过去问话。

“采蓝，听说你心悦一只小白羽？”主君先问采蓝。

采蓝瞥一眼忐忑的白越，摇头道：“没有的事。”

“小白羽，可是爱慕你家少君？”主君换人问。

白越咬着唇，答不出来。

采蓝见不得她那可怜的样子，干脆道：“一只偏远关口来的白羽，妖力又低，见识也少，日日对着我这般的少君，不动心也难。”

“你的意思，不怪她？”

“不怪。”他十分宽容，“她自爱慕她的，与我无关。”

主君依旧看着白越问：“小白羽，你家少君这么说，你怎么想的？”

采蓝也好奇她怎么想，跟着看她。

她已经成年，比刚来的时候高了两个头，皮肤白了，头发黑了，也显出一点好看的样子。

他对她道：“主君怎么问，你就怎么答。喜欢上少君，不是丢人的事。”

她瞥他一眼，回主君话：“确有此事。”

采蓝听得乐：“果然胆子大，可不是笑话吗？”

白越却道：“少君当笑话看，我却是当真的。只是一直忧愁身为白羽，无法匹配少君的纯正血脉。现主君既问起来，我便厚着脸皮直说了。还请主君成全小妖的妄想和贪心，答应我一个请求。”

“你说。”主君被勾起兴趣，“想要怎么做？”

“听闻前日鸿蒙学馆发了许多入学函来，邀请山中子弟入学。少君厌恶学馆的规矩，全都收缴了，一个也不许去。我对学馆没什么兴趣，但那里收拢三界中最完善的典籍和修炼术法，若能在其中找寻到白羽的修炼之法，说不定能逆天改命，让我做一个够资格的爱慕者。”白越两眼灼灼，似有火光，“求主君和少君赏我一张入学函。”

采蓝厌恶学馆，想也不想就拒绝了。

可主君却在思考，他道："你所求也不过分，可轻易给你，你也不珍惜。你马上下山，跟随你父母去关口镇邪祟，若能在魔气侵袭之下挺过一个月，入学函就是你的。"

采蓝立刻皱眉："别了吧？就她那点妖力，只怕活着去，死了回。"

白越却二话不说接了任务。

采蓝百思不得其解，私下悄悄问主君："她到底有多爱我？连命也不要了？"

## 07

孔雀王族的通病，自恋。

采蓝是王族中的佼佼者，病得更厉害些。

白越早将他的脾气摸得清楚，晓得他是真气她同凤飞阳的交易。

她怕被抓回青要山，又催了鹤先生许多次要下界。

鹤先生无奈，联合教导处给采蓝和凤飞阳开了一个时间超长的禁闭惩罚，然后紧赶着将去下界的手续全办妥了。

白越十分欢喜，对先生三叩首，立刻收拾包袱走人。

她生为白羽，本该按传统自生自灭。可父母舍不得，建了隔绝魔气的洁净室，将她养在其中。

洁净室中日子无聊，父母送来许多书。

书说三界，千奇百怪，白越便知道三界中有一种叫人的生灵，生来比仙妖二族羸弱，可却凭着智慧和努力独霸下界。

她问父母："如果做一个人，会怎么样？"

“生来就是孔雀，怎么做人？”父亲问。

母亲理解她，说：“不是做人，而是像人那样活，以弱制强。”

白越点头：“我的身体不好，可脑子不笨啊。可以去下界，向他们学习如何做强大的弱者，对不对？”

“如此一来，有好几个关要过。”母亲犹豫，“首先，你得活到成年，之后才能自由行动；其次，下界乃禁区，仙妖都去不得。鸿蒙学馆里倒是能学到许多人族的知识，但去学馆却要主君同意。”

“不如——”父亲犹豫，“送上青要山做侍者？”

做王族的侍者，能分到一些溢出的妖力，更有机会获得主君认可，拿到入学函。

白越想也没想就同意了。

许多年过去，从青要山到学馆，从学馆到人界，未来不知还有多长的路要走。

可她万万没想到，刚抵达下界住处，采蓝便来了个电话。

“白越，你居然敢跑？有本事，一辈子别回上界！”

## 08

白越本事还不够大，只能苦着脸解释：“少君，咱们之间有误会。”

她那时候年纪小，哪里知道在青要山不能随便夸少君美？

更没料到他硬生生将她的好话听出歪意思来，还非抓着问是不是喜欢他？

少君问喜欢不喜欢，小妖敢说不吗？

自然是喜欢的。

“什么误会？是误会你喜欢我，还是误会你看我笑话？或者误以为你对主君所言，都是真心？”

白越头皮发麻，硬撑着解释：“是我不懂规矩乱说话，少君教训不要妄想，我牢记在心，从不敢忘。后来流言四起，主君过问，少君在主君面前维护我，我十分感激。少君又说无论喜欢与否，都不相关。我想着既不相关，对少君也无影响，何不做一借口，正好拿个入学函……”

话没说完，那边把电话挂了。

然而没过几天，采蓝又来电话。

“你乱说话是误会，我认。你借我要入学函，也是小事。我只问你，你当年说入学馆是为了变强，变强是为配得上我，是真是假？”

白越无语。

采蓝懂了，又是借口。

他冷笑两声，又问：“你从我这里得着许多好处，记不记恩？”

“记！”这个问题白越能回答，立刻大声道，“少君对我的恩情，我必十倍报答。”

“十倍？你若当真想报答，为何六七年不主动找我？为何我叫你回山观礼，你却不回？不回也就算了，怎么连个礼也没有？”

翻旧账的意思。

白越绞尽脑汁，从记忆深处拉出来一段模糊的记忆，好像是有那么一回事。

她有些不太确定：“当时在做灵力炮，抽不开身吧？”

“所以，你做灵力炮忘了我的成年礼？”

明知道说了要糟，她还是说：“是——”

话没说完，电话又被挂了。

第三个电话，还是翻旧账。

“你做实验缺钱，为什么不找我，偏找凤飞阳那浑蛋？”

白越头痛：“少君，我没找他，是他自说自话，我只是没反对而已！”

“呵，没反对？”

又挂了电话。

这样下去不是办法啊。

上下界虽然有来往，但只限制在非常窄小的范围内，通电话需要占用专线，专线就意味着贵。

第四次电话，白越不等采蓝开口，直接说：“少君，我来下界学习，学馆只给最基本的学费补贴，生活费得自己打工解决。我每天早起一份兼职，然后去上课，下课了还要再去干另一个活，从牙缝里挤出钱交电话费。你真有事，咱们打开天窗说亮话，钱也花得不冤枉。可每次说不上一两句便挂断，实在浪费。”

采蓝被气得呼吸急促，咬牙切齿地问：“学馆比我重要，灵力炮让你忘了我成年礼，连凤飞阳那种浑蛋也拿你来气我，现在居然是电话费比我重要？白越，你有没有心？”

半年后，采蓝来了最后一个电话。

“你去下界，为什么不同我道别？”

白越听电话中的声音稳定，估计他冷静下来了，道：“我不甘心只做白羽，一心要学人族以弱制强之法。鹤先生为我争取到这个机会，我绝不可能放弃。”

无法放弃自己的追求，就只好放弃其他。

“对不起。”白越对采蓝道歉，“凤飞阳乱说我背主，我怕被问罪，怕被关回青要山，更怕全部努力白费。我想做出一些真正有用的东西，堂堂正正站到少君面前，再请求少君原谅——”

采蓝无语，最后说了一句：“我在你面前，竟是个自作多情的傻瓜。”

白越彻底得罪了采蓝，轻易不敢回学馆。

鹤先生常来问：“什么时候回来？”

“还没学到家。”她总是敷衍着。

其实都是借口。

然而蹉跎了十年，拿了两个理科学位和一个工科学位后，她发现要筹建实验室还是得回去。

白越思来想去，打个电话试探先生：“采蓝少君已经不在学馆了吧？”

“当然。”鹤先生道，“毕业当天便离开，早不知所终了。”

“当真？”她半信半疑，“我现在还算是青要山的人，你要么将我从山里要到门下，要么将我回去的事瞒得死死的。否则，少君要知道我回去了，说不定会来抓人。”

鹤先生安慰她："上界之大，不知几千万里。采蓝纵是孔雀少君，能日行万里又如何？我已经准备好全部要用的材料和研究人员，还问人要了魔域的一块空地做实验场。你莫要疑神疑鬼，赶紧回来干活。"

白越信鹤先生，放心地收拾东西回学馆。

鹤先生的实验室里果然摆满了各种贵价材料，只等她来开工了。

她奇怪道："先生什么时候变富贵人了？还是学馆给拨了钱？"

先生点着材料上的凤族标记，道："是凤飞阳，说欠你一个人情。"

白越有了钱、材料和实验室，马上掏出早就设计好的图纸干起来。

鹤先生看得来劲，也跟着上手。

几乎是立刻，升级版灵力炮的原型机出来了。

白越心痒难耐，问鹤先生："魔域那边能搞实弹？"

"当然可以。"

"有合适的活靶子吗？"

白越的灵力炮需弄个活物做实验品。

鹤先生想了想，摇头。废墟之上确实游荡许多无形无质的魇魔、精怪等等，可那些玩意抓起来费劲。

白越头痛了，试探着问："要不，您去当靶子？"

鹤先生怒发冲冠："还懂不懂尊师？"骂完又道，"我让凤飞阳给你找个人。"

## 09

白越将灵力炮装在身上，瞄准前方巨大的黑凤打出一炮。

黑凤没躲，正面接住了爆炸波。

烟尘散去，黑凤原身稳固如初，他脚下的地面却裂开了大缝。

数据监测飙出一条高高扬起的曲线，可攻击力只比昨天的顶峰提高了百分之一。

进度不够理想。

白越放下炮筒，对那凤影喊：“凤七，你还好吗？”

凤七是只黑凤，魔域南门关的镇关大将，被凤飞阳强拉来做靶子。

“强。打架没输过，做镇关大将的头天就单枪匹马直闯关外，端了好几个邪祟和魔物的老窝。

“免费。咱们搞出来的好东西，他想第一时间装上南门关，所以打着劳力换装备的主意呢。

“没废话。他是个哑巴，连开口都不能，更不用说烦人了。不过，他不喜人看他，弄了个黑袍挡住头脸和全身，你少盯人家看。

“最后一点，随叫随到。”

凤飞阳将他夸得十全十美。

白越征求鹤先生意见：“可靠吗？”

鹤先生捋着胡子说：“可靠。”

白越试用了几次，果然可靠极了。

实力强，脾气好。

让什么时候来就什么时候来，让显出原身就显出原身，从来没有不耐烦。

白越丢开炮筒，发现连凤七的毛都没伤到一根，只爆炸处有一个浅浅的黑印。

她有些疑惑，重复看了好几次。

鹤先生来问："有什么不对？"

她笑道："突然觉得咱们这样直接对轰有点简单粗暴，要是真伤了凤七怎么办？"

黑凤的翅膀从她头顶抚过，既是安慰，也是表达不介意。

鹤先生道："不怕。大妖皮糙肉厚，一点小伤不碍事。"

她盯着那印记陷入沉思，许久后才转身去摆弄炮筒。

鹤先生走到后面踢踢凤七的爪子，压着声音呵斥："你多少放点水，露馅了怎么办？我和凤飞阳千辛万苦才帮你把人给哄回来的。"

凤七远远看一眼忙碌的白越，突然张开双翅，直冲上天。

鹤先生骂了一声白痴。

白越实验不顺，准备改方向。

"凤七是大妖里的佼佼者，太强了。"她道，"一开始就用他做靶子不对，应该循序渐进。"

"你的意思？"鹤先生问。

"南门关有他在，稍微强点的魔物望风就逃了，其实那些不强不弱的才是真正接近普通大妖的存在，也是咱们最需要的实验品。不如将目标定低一些，瞄准不太强的魔物打，造出基本款后再升级。"她指点几个学弟学妹收拾设备，"我要挪地方了，换个他不在的地儿，去抓些魔物——"

话没说完，天上噼里啪啦掉东西下来，惊得周围人哇哇大叫。

白越定睛，却见地上好些被藤蔓捆扎起来的巨大魔物，黑色的魔气蔓延，冲得她恶心欲吐。

有大风刮过，凤七落地，化成全身罩在黑袍里的男子。

他指指不远处的炮筒，再点点脚下的魔物，意思很明显。

白越疑惑地问："你要咱们用这些东西做靶子？"

凤七点头，凤目灼灼。

白越摸了一下下巴，真是想什么就来什么啊。

这凤七怕不是真神仙？

## 10

事情开始顺利起来。

魔物比凤七弱太多，炮弹打上去就是一个血坑。

白越天天带着学弟学妹测伤口大小深浅、魔气浓度，以及魔物恢复和死亡速度，很快搞到比较稳定的数据。根据数据改造新的灵力炮，威力倍升，一炮将魔物身体打得四分五裂。

白越瞪圆了眼睛看半空中的血雾，感叹一声："可怕！"

这样的攻击力，应该能和普通大妖有一战之力了。

凤七也有点来劲，化出原身去试，完全无遮挡和闪避的情况下居然受伤了。

鹤先生看着凤七滴血的翅膀，不可置信地问："咱们这样，算快要成功了吧？居然这么快？太快了吧？我有点不敢相信……"

白越比鹤先生更开心，但凤七受伤，她得帮忙处理。

"痛吗？"她问。

凤七本要摇头，对上她亮闪闪的眼睛，改成点头。

"刚炮弹打过来，你什么感觉？"她继续问，"怕吗？如果躲，能躲开吗？”

他先摇两次头，又点一次头。

没感觉，不怕，能躲开。

白越看那流血的伤口十分不顺眼，从宝囊里摸出一个药箱丢地上，两手要去拉他的翅膀。

凤七吃惊，拖着巨大的身体往旁边躲。

她扑了个空，皱眉问：“跑什么？你翅膀骨头断了，要包扎——”

凤七没等她说完，扑腾着身体，歪歪扭扭地飞去一个矮山坡。

白越热脸贴了冷屁股，收了药箱去观察魔物碎块的情况。

走近了才发现那些碎块没死完全，居然在沙地上缓慢地移动，往某个方向聚拢。

她从没观察过这样奇怪的现象，立刻摸出摄像机记录全过程。

眼见魔物碎块要重新拼凑成一个整体，后面传来一声尖锐的凤鸣。狂风卷着一蓬黑色火焰袭来，落在沙地上，裹着那些魔物碎块燃烧，成一片火海。火海里有东西在挣扎哀鸣，最后爆裂成飞灰，从白越头顶飘过。

白越大吃一惊，直勾勾地看着踏火而出的凤七。

火如黑莲，赤足生烟。

只风过的一瞬扬起他长长的黑袍，露出一个略熟悉的身影。

没等她看得更清楚些，鹤先生从后面跑上来：“小心点。有些魔物品种强悍，分成几半也死不了，必要砍成千百万份，或者用火烧成飞灰才算完。”

白越眯眼看着远方还没熄灭的残火，对上凤七的双眼——里面泄出一丝丝的宝蓝色光芒。

一眨眼，蓝光顿消，露出一双黑得几乎全是瞳孔的眼眸。

她心头一颤，知道自己又该跑路了。

## 11

魔域南门关，黑岩渡生死。

白越来的时候有凤七，不，采蓝接应，走城门，一路畅行；走的时候孤身独行，不敢冒险绕路或走城门，只好变回原形勉强着从天上过。

她一边在天上寻路，一边骂自己笨蛋。

怎么就信了先生不会说谎？怎么就信了凤飞阳好心出钱出力不求回报？怎么就信了凤七好好的镇关大将不做，跑来做她的实验品？

根本就是设的一个局，主谋是采蓝，凤飞阳和鹤先生是从犯，凤七只不过一莫须有的马甲。

既发现了他们的诡计，便再待不住了。

她计划飞跃黑岩，随便往哪个荒山一躲，令人再找不着。

黑岩上伸手不见五指,白越飞了好一会儿才看见关内隐约的灯火。

她翻身，箭一般扑下去，可那些光却散成漫天星光。

如是三次，触不到的幻境。

白越悬停在半空中，四面都是若有若无的瘴气，隐约能听见各种魔音，而前方依然是引诱她的温暖光芒。

这南门关，很不对头。

退是不能退了，只好继续前进。

然而这次同之前不同，刚飞出去没两分钟，魔音里混杂了利物穿透空气的声音，越来越近。

她支起耳朵，借着去势往下沉，堪堪避开几样锐利冰冷之物。

之后豁然开朗，一片无尽的黑暗里，血色的光一丝丝透开。

是关外魔域！

明明她从关外进的，忙活一通居然还在原地？

白越感觉撞了鬼，冷汗津津。

更可怕的是，血云里显出一只巨大的竖瞳魔眼，天被撕开，里面涌动着无尽的梦魇之魔。它嗅到白越的味道，庞大的身躯开始挪动，周身魔气张牙舞爪地冲出来，编成天罗地网封死她的去路。

这是比凤七，不，采蓝少君抓来做实验的魔物更凶狠的存在。

逃不了，只有硬干了。

她摸出收在宝囊里的灵力炮，对着那只眼睛轰出一炮。炮弹所过之处，魔网寸断，但仍无法触及云层后面的梦魇真身。

距离太远，射程不够。

白越咬牙，往魔眼所在之处飞，然而不等飞到，一束宝蓝色的光从天而落。她来不及防备，被蓝光中扑出来的翅膀扫到，撞上一座大山。她挣扎着爬起来，却见那蓝光在云层里闪耀，一束束白色的火焰从电光中落出来，烧得魔气和黑云飞灰湮灭，露出一个丑陋的兽身体来。

她叫一声："少君——"

采蓝的声音有些冷："在旁边待着，等我收拾了它，再来收拾你。"

大妖和梦魇交手，自然不同凡响。

闷雷滚滚，天似崩塌，大地震颤。

白越眼睁睁地看着蓝色光影化成庞大的孔雀模样，张开巨口咬住梦魇，似要生吞。

孔雀腹中是无尽的火海，能炼化万物。

梦魇显然晓得厉害，生出无数的手脚抱住高山和大地。

僵持了。

白越不是坐以待毙之人，将炮筒扛在肩膀上，冲着梦魇的眼睛飞过去，口中大叫："少君接着我，我轰它眼睛。"

采蓝一心二用，伸出一只翅膀托着她，直送到梦魇的额间。

白越压下机关，炮弹呼啸而去，将梦魇的眉心炸出一个巨大的血洞。采蓝趁机啄在它的伤处，同时喷出腹中神火。它并不死心，最后一爪挥向白越，要带个陪葬的走。白越骇然地丢开炮筒，举起双翅挡住最重要的脑袋，疯狂地后退。

退了半晌，落在身上的只有血雨，没有预想的利爪。

她诧异地抬头，半副宝蓝色的翅膀挡在上方，血如喷泉一般涌出。

孔雀巨头从翅膀下钻出来，一道伤从眉心直拉到下颌，几乎将脸分成两半。

他急切地看向白越："你没事吧？"

## 12

白越没事。

不仅没事，连根毛也没伤着。

她落在山头上，恢复人身。

采蓝跟着落下来，引颈将口中的梦魇彻底吞下来，也化出人身。

十年未见，已不是旧模样。

他更高，更凌厉，胳膊上的断骨和血色让他看起来更坚定。

曾经的少年早就长成顶天立地的郎君，只见郎君正在气头上，既懊恼又愤怒地问：“你乱跑什么？”

白越没为自己辩解，只沉默地收拾炮筒。

采蓝没得到答案，更加恼恨：“关外连着魔域，有无数魔物出没。虽然被我反复清扫过，但总有漏网之鱼。你胆子大，居然敢独闯南门关？可知关上有列位上仙亲手布下的杀阵？幸好入的是轮回门，被转送来梦魇所在之处，还能补救。若是走错门，进的是死门——”

他顿一下，“你再恨我，也不该拿自己的命做儿戏。”

采蓝的关心直白热烈，白越既惭愧又后悔。

“对不起。”她道，“我从未恨过少君，更不会把自己的命当儿戏，只是太害怕了。”

“怕什么？这上界有何可怕之物？”采蓝刚吞食了梦魇，正是傲气的时候。

白越羡慕道：“少君王血纯粹，天生英才，自然无可怕之物。可我生来白羽，连喘口气都要小心翼翼，可怕之事太多——”

“怕我记恨，怕我恼怒，怕我自恋纠缠，怕我将你抓回青要山关起来，怕你多年努力付诸流水？”采蓝冷冰冰地说，“十年前这样敷衍我，十年后还来？可你若当真怕的是这些，刚来青要山的时候，怎么敢当着我的面戏耍那些欺负你的侍者？又怎么敢借着我，问主君讨学馆的入学函？”

采蓝恨极了，蓝眼里竟带出些血红。

白越怔怔地看着他，心里有一团火在烧。

“少君对我有恩，又几次救我，既要问我真心，我便把心剖出来给你看。”她忍下泪意，脸上显出几分恨，“孔雀族从来强者为尊，鄙夷弱者。我生得弱，偏偏有与之不相配的野心，不仅想长成年，还想受人尊敬。

“可野心之人更有贪心，若叫他们看见了世间好物，哪里还能挪得开眼？少君殊丽，我不仅爱慕，更想独占。若要独占，仅做白羽是不够的。我必要走出青要山，做惊天动地之事，叫世人知道那爱慕并非笑话。因此，我发誓，非到功成名就之时，不见少君。”

采蓝哑着声音问：“为何？”

“我的真心见不得人，更不为青要山所容，只适合藏在这白羽之身中，趁无人时才好细细揣摩。如今告诉少君，是无力报答少君恩情，只能叫你知道我是何等龌龊之人——”

采蓝突然退后几步。

白越住口，只当他厌了她。

采蓝却对她一笑，身后猛然发出强烈的蓝光，那光直刺向黑沉沉的天幕，劈开了黑暗。

宝光降临，无数翎羽在半空中缓慢张开，如同悬起的碧纱扇面。

白越瞠目结舌，整个人无法动弹。

采蓝拖着长长的尾羽向她走来，抱怨道：“你废话好多，听得人耳朵痛。”

“你——”她想伸手去碰，却又不敢。

他一把抓着她手：“本想一句句驳斥你，又觉得太费事，不如更直接些。”

白越两眼生潮，眼眶含泪。

他不太满意地摆了摆自己尾羽，漫天华光摇动，问：“你哭，是因为我不好看吗？”

她摇头。

他松了口气："成年礼的时候就想让你瞧，可惜你没回来，真让人不痛快。"

那日，青要山宾客如云，到处都布置了彩锦。

采蓝换上羽衣礼服，立在山门处等候。他既得意又期待，想着白越见他初出壳的模样便被迷得说胡话，若见了他彻底长成的尾羽，又当如何？

奈何等了许久，不见白越的身影。

主君催促多次，观礼的诸位长辈和亲友也不耐烦，叫他速速开屏。

采蓝心里烦躁，突然觉得不好玩了。

白越都不在，开屏有什么意思？

他直接化出原身，望着学馆的方向飞走，留下满山的喧嚣和惊呼。

采蓝热切地看着白越："你就不说点什么吗？"

白越终于伸手去碰飘在空中的翎羽，仿佛将一切美好握在手中。

她道："少君之美，世间少有。"

采蓝笑了，张开双翅拥着她："你很有眼光。"

END

# 霸总拿反了剧本之后

文 / 清秋桂子

热衷脑补，止于动笔，提笔就废

## 01

霸总是某个中游企业的副总，公司规模不大，在业内也小有名气，虽然没有身家上亿、背景深厚、权势熏天这种外挂，但综合来说他还是很符合“霸总”这个设定的。霸总出身良好，年轻有为，五官端正，不秃顶不发福，身高一米八，最最重要的是，他身具王霸之气，具体表现为行事雷厉风行，为人不苟言笑，气势不怒自威，于是这些特点让他成功看起来比实际年龄至少大了五岁以上。

霸总发现自己最近运气不好，起因是某个周一的早晨，他上班途中车子突然莫名其妙出了问题，正值早高峰，路上堵得水泄不通，根本打不到车。霸总是个时间观念很强的人，每周一早会从未迟到过，无奈之下只能蹲在路边一遍一遍刷着打车软件。

他面前堵着一条车队长龙，无意中霸总发现其中好像有他们公司的员工。

实习生今年大四，才上班两个月，公司离学校远，上个班要换乘三趟，租房又贵，她狠狠心拿出为数不多的积蓄，再找爸妈凑了点钱，买了台四轮小电动，从此过上不用挤车挤地铁的惬意生活。

不过她万万没想到有一天她会被领导蹭车，当她看见车外敲她窗户的霸总时是无比蒙圈的："吴，吴总好。"

"你是我们公司的？"霸总眼前一亮。

"啊？对，刚被分到六部。"实习生下意识回答。

"那正好，我车坏了，你捎我一程。"霸总解释道。

实习生还没明白这是怎么一回事，霸总就已经挤上她的小电动。

实习生到公司时间不长，上周她才轮岗到霸总手底下的部门，开例会的时候见过一两次，霸总一米八，很难不让人印象深刻。

而她这台小电动是双人座，车身格外迷你，以至于霸总上车后，车内顿时挤得满满当当，实习生感到一种扑面而来的压力。哪怕座位调到最宽，车内的空间也并没有宽松多少，实习生由衷觉得她这台小电动配不上霸总的气质。

车内一片安静，气氛简直尴尬到炸，实习生有点轻微社恐，完全不知道要怎么活跃气氛。

霸总先打破了沉寂："你驾照拿了多久？"

"有半年了。"

"你很少开车？"

"开得不怎么多，这车才买不久。"实习生姑且把小电动当成车。

"打左转向灯，变道。"

"啊？"

"你再不变道又要等红灯了。"霸总语气平静但不容置疑，实习生浑身一颤，立马变道。

实习生开车很谨慎，她当初考完驾照就供起来了，四舍五入她还是个新手，小电动速度只有那么快，每次在马路上全是超车的，霸总大概是实在看不下去了。

“右转……加速直行……后面没车，你可以变道了，变道的时候干脆点，你不动后面的车又超过来了。”

霸总语调毫无起伏地发送指令，一瞬间实习生仿佛感受到在驾校被教练支配的恐惧，到公司把车停好她下意识地想回一句教练辛苦了。

霸总没给她这个机会，解开安全带道了谢就大步走向办公楼，十分的高冷。

实习生一看时间，居然比平时早到了十五分钟。

## 02

这种尴尬的小概率事件实习生也没太往心里去，她没想到一个星期内她居然又碰到第二次。

“等一下！”霸总猝不及防从拐角处冲了出来。

实习生赶紧按住电梯键，霸总三步两步迈了进来，直接按了最高的楼层，他整个人看着分外焦急。实习生完全能理解他的焦急，只是她看不懂霸总的操作。

“吴总，会议马上就要开始了，您不过去吗？”

今天总公司负责人过来召开季度会议，会议室还是实习生他们布置的，按道理这个点公司参会高层应该都在会议室里坐着了。

“我现在就要赶过去。”霸总皱着眉盯着手表。

“可是，会议室在二十六楼。”实习生忍不住提醒，“这部电梯只到二十楼。”

“我知道，旁边那部电梯坏了。”霸总急躁的语气证明他现在心情很差，霸总自然不会踩点到，只是他怎么都没想到电梯里其他人都下完只剩下他一个人之后，电梯突然停运了。

霸总当机立断按了紧急呼救，即便维修人员再快，他也被关了十几分钟，他立刻换了最近的一部电梯。

霸总烦躁得简直要在电梯里爆炸了，实习生偷偷把自己要去的楼层给按灭了，结果电梯还是停了下来，实习生能直观感受到霸总的情绪在电梯里膨胀，她眼疾手快地按上关门键对外大喊：“不好意思不好意思！楼上有人晕倒了，赶着去急救，麻烦等下一趟！”

电梯外的人完全没反应过来，实习生就把门关了，霸总焦躁之余在心里默默给她点了个赞。电梯中途停了三次，实习生就果断关了三次门。到了二十楼，只见霸总飞快地冲了出去，直奔消防通道。

速度快得只看得见了个重影，腿长就是好啊，实习生在心里不禁感慨，她掏出手机看了眼时间，还有三分钟会议就开始了，六层楼，吴总估计能破个纪录。

即便换了新部门，实习生的工作内容本质上没有太大变化，主要还是给人打下手。新部门经常要用到大量数据，部门同事把数据来源一股脑儿丢给她，她挨个做表格分门别类，Excel表格里面那几个键被她用得滚瓜烂熟。

“小徐，把上次让你做的那份报告打印出来，去行政盖章，然后交到吴总那里让他签字。”

实习生应了一声，这种跑腿的事一般都是她来干，他们公司跑腿其实挺麻烦。

公司是租的写字楼，人员上上下下加起来有一两百，也不知道最开始是怎么租的，三层楼全部没挨在一块，高的高，低的低，部门都不在同一个楼层，实习生每次盖章走程序就得跑上跑下，电梯里所有广告她差不多都能背下来了。

她敲门进霸总办公室签字时有点紧张，听部门的人说霸总有点吹毛求疵，他对下属要求严格，无论什么事情都要做到精益求精，他自己以身作则，严于律己也严于待人，所以部门加班的情况非常多，这一点实习生深有体会。

她已经反复检查过了，生怕霸总来一句哪里不对要重做。

所幸霸总看完后签了字，实习生放了心，准备去接报告。

事情发生真的非常突然，霸总签完字之后顺手拿起杯子喝了口水，杯里的茶才泡了没多久，霸总不知是忘记了还是怎么着，一口下去，他直接烫得吐了出来。

实习生刚刚伸手准备接，然后那份报告就被滚烫的茶水给毁了，实习生眼睁睁看着盖章的部分晕开，呆若木鸡。如果实习生足够老练，她就应该立马递纸给领导并率先承认自己动作不利索导致文件损坏，然后马上去重新准备一份。

但她只是个实习生而已啊！

那一刻她脑子里是很魔幻的，她当然愿意相信部门同事说的话，精益求精，一丝不苟，精明干练……但真不是他们在拍领导马屁？！

一个星期内，她接二连三撞到领导的尴尬场面，她忽然很担心自己的实习期能不能正常结束。

霸总的脸已经彻底黑了，实习生犹豫了一下，开口说道："吴总，我下去重打一份。"

霸总脸还是黑的，他揉了揉眉心："不用了，你把文件传给我，在这直接打印。”

实习生顶着霸总黑脸的压力，小心翼翼地说：“吴总，那份文档在我电脑里，我还是重新再打一份吧。”说完她赶紧走出办公室。

再次上来签字已经是二十分钟之后，实习生敲门前做了一下心理建设，这一次顺顺利利地拿到了文件。

霸总诚恳地对她说了句抱歉，实习生受宠若惊：“没事没事，这本来就是我的职责。”

“之前的事情也谢谢你，不好意思给你添麻烦了。”霸总态度很好。

实习生不太适应这种场面，于是打着哈哈客套了几句：“不麻烦不麻烦，吴总您大概是水逆了吧，不是什么大事。”

“水逆？”

实习生顿时想咬自己舌头一口，她口无遮拦乱说些什么，吴总一看就和她不是一个年代的，根本 get 不到点。

“就，就是那个运气不太好的意思。”实习生吞吞吐吐解释。

“那有解决的办法吗？”霸总虚心请教。

“大家一般转发锦鲤。”

“有用吗？”

实习生在心里打出一个大大的问号，转发锦鲤有没有用这种事情不就跟吃了旺旺能不能旺是一个道理吗，但是她不敢这么回答，她沉默了两秒：“心诚则灵。”

## 03

霸总一个信奉科学主义无神论者自然不会相信这些乱七八糟的东

西，但有时候科学真的无法解释他为什么最近会这么背时，犹豫再三他选择尝试一次玄学。

网上最火的是一条微博，底下一大堆还愿的，霸总顺着微博找到锦鲤源头，是一个叫“转发你就好运”的人发的，这个博主貌似很火，粉丝都有好几百万。

他的微博都是一些建议，今天是什么日子，运势如何，适宜做什么不适宜做什么，乍一看跟老皇历似的，但是转发评论特别多，点进去也都是大型还愿现场。

这个博主还开了家淘宝店，主打的就是转运的各种物件，销量很高。客服表示他们转运贴纸很有效，用过都说好，然后东扯西扯了一大堆运势化解。霸总将信将疑地下了单。

按照要求，霸总把转运贴纸带在了身上，也不知是不是心理作用，新的一周，第一天过得无比顺利。

霸总心情舒畅了两天，他决定去楼下咖啡厅买杯咖啡，霸总对咖啡有点依赖，为了不上瘾只有心情好的时候才会喝上一杯。这家咖啡店挺会做生意，每个月会出限定口味，并且不外送，以此吸引客流量。

这个月出的口味实习生特别喜欢，吃完午饭她照旧买了一杯坐在窗户边美滋滋地玩手机，霸总路过的时候并没有注意到她，只是隔壁桌的椅子没有摆好，他一不留神被绊了一下，手里那杯咖啡没有盖盖子，大半杯直接晃了出去。

实习生被浇了个透心凉，场面一言难尽。

霸总的脸上闪过一丝慌乱，转运贴纸什么的果然是骗人的，第二个念头则是幸好这杯咖啡加了冰。

他立刻找店员要纸巾，然后不断向实习生道歉。

实习生垂着眼一声不吭，霸总心里七上八下，不知道该如何是好，于是气氛一点点沉默下来，死一般地寂静。过了大约两分钟，实习生才慢慢抬起头，她眼圈红了。霸总心里咯噔了一下，升起一股浓浓的负罪感。

“吴总是故意报复我吗？”实习生咬牙切齿，“就因为我看见几次你出糗？”

“不是。”霸总立马否定，“这真的是意外，对不起。”

“傻子才信。”实习生怒气冲冲地走了出去。

挨了骂的霸总很想为自己辩解，然而他真不知道该怎么解释。他打开手机，果断给了店铺一个差评。实习生带着怒火越走越快，心里把小肚鸡肠无良领导翻来覆去骂了个遍，然后找了家理发店洗头，又去买了件衣服。

回公司的时候已经上班半个小时了，她也不在乎迟没迟到，径直走到自己座位准备打辞职报告，大不了我不干了。

“哎，小徐你不是请假了吗？”旁边的同事看见她奇怪地问。

“什么？”实习生愣了一下，她什么时候请的假。

“刚刚吴总来了，说在楼下碰见你身体不舒服，你下午请假。既然不舒服就先回去吧，你那点事我帮你处理。”同事好心安慰道。

实习生张了张嘴，也不知道该说什么，于是干脆应了一声：“那谢谢你了。”然后拿好自己的包走了出去。

## 04

霸总开完会后发现手机有七八个未接来电，都是同一个陌生号码，他回了过去，那边立刻就接了。

“您好，请问是吴先生吗？”

“我是，您哪位？”

“我是‘转发你就好运’的店主，您给我们店打了个差评，我想问问原因。”

“你还有脸问？招摇撞骗这个理由够不够？！”霸总提起就气不打一处来。

“吴先生，少安毋躁，您要具体问题具体分析，运势这种事急不得，您要有点耐心。”

“我能让你说到这就证明我很有耐心了。”霸总毫不犹豫挂了电话。

之后对方不死心地发了几条短信过来，希望能详细谈一谈他的情况，霸总无一例外全部删除。实习生冷静之后还是选择老老实实上班，实习证明毕竟关乎毕业，只是对于霸总她是一点好感都没有了。

最近部门跟了好几个标，一群人忙得脚不沾地，很大一部分文件编辑的杂事就落在了实习生头上。

“这个，这个，还有这一部分，你先根据招标要求和以往的标书做，做完了给我检查。”部门经理递了好几本资料给她。

“行。”实习生看着那些密密麻麻的条款头有点大。

标书的准备是件极其烦琐的事情，实习生只能天天翻来覆去对着条款比较。差不多做了一个星期，实习生才把她负责的部分做完，检查完没有问题之后，就得拿去给霸总签字，实习生打心底是不愿意去的，但是没办法，她不去也没人帮她递资料。

实习生在电梯里百无聊赖地盯着楼层数字的变化，她头一次希望电梯速度慢一点。

她敲了门，冷着脸公事公办地递过资料。

霸总一行行看过去："这个不行，重做。"

"为什么？"实习生瞪大眼睛，这些资料她做得头都要炸了，结果对方就轻飘飘来一句重做。

"你不看要求的吗？格式不对，你小标题甚至连字体都没调好，还有这里，你直接复制粘贴的吧，看都不看一眼内容。"霸总拿笔毫不客气圈出一大片，"张成是怎么教你的，做了这么久就做出这么个东西？连最基本的问题都没处理好。"

霸总之后说了什么实习生没听进去了，她只看见霸总把那沓资料翻来翻去，笔不停在上面乱写乱画。

"吴总这就有点过分了吧。"实习生已经先入为主这人就是小肚鸡肠心胸狭隘，"我明明白白按照标书要求做的，您又提了这么多要求，那我到底按照标书来做还是按照您的要求来做。"实习生气性上来，话说得非常不客气。

霸总脸色沉了沉："我只是在阐述客观事实。"

客观你大爷，实习生在心里暗骂了一句，面上冷笑一声："吴总您也不用针对我，有什么不满就直接说好了，使这种小手段太掉价。"

按照正常情况，这么跟他说话的刺头早就被他赶出办公室了，但是误会在前，霸总忍住了："我希望你不要把私人情绪带到工作中来。"

"我带入私人情绪？"实习生都要气笑了，"吴总，给我使绊子的人明明是你吧。"

部门经理得知实习生在霸总办公室吵起来的时候，急了一头冷汗，等他在霸总办公室走了一趟回到部门，就看见实习生垂头丧气地坐在桌前。

部门经理叹了口气，把她叫了过去：“你也真是横，这公司上上下下跟吴总吵架还从来没有赢过的。”部门经理拿过那沓被标记过的资料，“这也不能全怪你，你毕竟是第一次做，这些资料多做几次都是正常的。工作和在学校不一样，没有人有那么多时间手把手教你，你得自己机灵点。吴总这人可能看着脾气不太好，但是他对工作很认真，他每天事情那么多，犯不着为这点小事跟你吵一架。他说你归说你，你的问题还是给你一样样标了出来，这点就对你很照顾了，要是换成我们，早就轰出去了。”

部门经理絮絮叨叨劝了一通，实习生也不是死脑筋，情绪一过也想明白了，抛开她的成见，她确实不占理。

霸总看了看时间已经很晚了，差不多也该下班了，临走前想起有份合同还在部门经理那，走到楼下办公区正准备拿钥匙开门，门没关，霸总不悦地想什么时候底下人这么粗心了，明天开会一定要警告一下，进去后发现灯也没关上。

“谁？”实习生被脚步声吓了一跳，猛地一抬头就发现昏暗处的霸总。

“你怎么还没走？”霸总有些意外，他走近看见实习生桌子上还堆着一摊资料，电脑上的文档正是今天做的标书。

“就快改完了。”实习生摸了摸鼻子，不自在地说。

“先回去，剩下的明天再做。”

“那个吴总你先走吧，我马上就好。”

“我要准备关灯关门了。”霸总没给她磨蹭的机会，拿完合同站在开关处盯着她。

实习生没办法，只能收拾东西跟着一起出去，一路无话。

到了地下车库，实习生准备跟霸总分道扬镳，她偷偷看了眼霸总的车，漆黑发亮的 SUV 车头那个大大的标志让她默默当了几秒“柠檬精”。实习生清了清嗓子，客套地道了个别，霸总却一句话也没说，她尴尬地撇了撇嘴，心想有什么了不起。

还没等她走开，霸总整个人忽然倒了下去。

不是吧！实习生真心觉得她是不是八字跟霸总犯冲，怎么什么奇葩事都能遇到！

霸总好像是晕死过去了，她也不知道到底是什么问题，于是先打了 120。

实习生跟着救护车一起走的时候，觉得自己完全可以去网上开个帖，人生中第一次叫救护车是替老板叫的是一种什么体验。

挂了急诊，做了检查，诊断结果是急性阑尾炎，霸总人一直没醒，实习生也没办法，总不能大半夜地把一个昏迷的病人扔在医院，出于良心，实习生缴费拿药，让霸总吊了水。

折腾下来都后半夜了，她困得不行，小电动也没开过来，这时候回去也睡不了多久，干脆花二十块钱租了张陪护床凑合着睡了。

## 05

霸总靠着生物钟醒来，一睁眼就看见自己在吊水。

一脸莫名的霸总缓缓坐起身，发现病床边还睡了个熟人。

“小徐？”霸总难以置信地看着实习生。

医院环境本来就不好，实习生一夜翻来覆去睡眠质量极差，霸总音调有点高，她一下就醒了。

“吴总您醒了啊。”实习生睡眼蒙眬还打了个哈欠，顺手扒拉了一下额前的头发。

“这是怎么回事？”霸总对眼前的情况一无所知。

“您昨天下班的时候晕了过去，我打120把您送医院了，急性阑尾炎。”实习生说着就从包里翻出一堆东西，“这是病例，这是结算单，您社保卡带了没，估计要办个住院。”

急性阑尾炎，简直没有任何征兆，霸总百思不得其解，这根本就是无妄之灾。他打开手机，发现那个网店还在跟牛皮癣一样给他发信息，霸总挨个删除，删到一半，手机又收到一条信息。

“吴先生，您认识微博ID叫淘淘淘汽水的人吗？”

霸总本来打算继续点删除，看到那个微博名的时候，他有点熟悉感，回忆了好一会儿，他发现这好像是他堂妹的账号。

“你到底打算干什么？”他回了过去，“我报警了。”

“别别，您如果认识这个ID的所有者的话，我想告诉您一个不太好的消息，您可能遇到了点麻烦，需要处理一下。”

“你还想诈骗？信不信我举报你。”

“我保证我说的句句属实，上个月我在微博搞了个抽奖活动，就抽中了这个ID，应该是个小姑娘，她说家里人不理解她，弄坏了她很重要的东西，她气不过，想惩罚一下对方，如果没猜错的话，先生你可能就是受害人。”

“你知道恶意诱导未成年人要判几年吗？”

“吴先生，冷静冷静，您方便面谈吗？这事一时半会儿说不清楚。”

霸总思索了十几分钟，把医院地址发了过去。

博主上门的时候还带了个果篮，他本人挺年轻，也就二十出头的样子，看着挺阳光，一点也想象不出这家伙是个江湖骗子。

“吴先生您好。”博主讪笑着递过果篮，“您身体还好吧。”

“托你的福，明天要开刀了。”霸总一脸阴沉。

“那个，实在不好意思啊，我也没想到会发生这种意外。”博主赔笑着，“不过您能跟我说一下您到底是怎么得罪了‘淘淘淘汽水’。”

“那个死丫头。”霸总提起他堂妹就想揍人。

霸总的堂妹从小和他一块儿在爷爷跟前长大，关系一直不错，堂妹上高中之后到了叛逆期，他叔叔婶婶管不住，每次趁着放假都往他这扔。

上次放假堂妹在他那赖着天天打游戏看小说，成绩单一塌糊涂，霸总看她吊儿郎当的样子实在气不过，一怒之下把她那些小说都撕了。

然后就捅了马蜂窝，那套书是堂妹最喜欢的一个作者的纪念版，作者已经退坑封笔，那套书对于堂妹无比珍贵，之后堂妹恨他恨得要死，再也没理过他。

他以为不过是小孩子生气，怎么都没想到堂妹居然还干了这种事。

“其实你妹妹就是打算用塔罗牌算一算你的水逆期，然后让你倒个霉，她说想让你体会一下所爱之物被夺走的心情，大概意思就是让你成为小说男二，最终爱而不得。只是没想到出了点意外，我助手是新来的实习生，对塔罗牌不熟悉，然后一不小心就算错了时间，你水逆期时间和倒霉的程度莫名其妙翻倍了。”

这种无聊的原因让霸总一时竟不知道该说什么。

“您放心，我已经处罚了本店员工，让他恶补天文知识，保证再也不会造成这种错误。”

“你就直接说要怎么才能停止这些麻烦。”霸总不耐烦地打断他。

“两个解决方案，一个是走剧情，你主动配合把剧情走完，故事结束，另一个就是耗时间，如果实在不想走剧情，那就规避风险，挨过这次水逆。”

“这个水逆要持续多久？”走剧情直接被霸总忽略。

“那个，由于我助理业务不精，少说也得一年。”博主暗戳戳竖起一根手指。

一年！霸总气得一口气差点没喘上来：“你就不能想想别的办法，直接把这个破事一次性解决了！”

“理论上是可行的，但是实际操作起来比较麻烦，我没办法保证能彻底处理干净，毕竟水逆这事不好说，我也不能控制水星运行啊，这边是建议您顺其自然。”

霸总深呼吸一口气：“你是无证经营吧，我觉得我可以顺其自然地找工商局投诉一下。”

“吴先生，我们有经营许可证的。”

“就这种乱七八糟的东西还能办得到证？”霸总感觉三观被刷新了。

“我们还是不要纠结这些细枝末节了，吴先生就算你现在把我告到牢里面去，你的问题该解决还是没解决啊。”博主苦口婆心劝道，“虽然您的水逆期会持续一年，但是您最根本的问题在于生活质量，只要能一定程度确保您的生活质量，其实还是很好解决的。我亲自教您如何制作和使用转运物件，保证能替您规避风险，大幅度提升运势。”

霸总望向他的目光中充斥着强烈的不信任。

手术之前，霸总花重金在二手网站上买了他撕掉堂妹的那套书，看到书名他有种不祥的预感。

《鱼塘大佬和他的小娇妻》《盛宠甜妻》《逆天娇花在线改命》……

## 06

霸总做完手术要住一个星期的院，不过该他签的字还是得签，于是实习生继续担任工具人，每天往返一趟带着资料让人签字。

毕竟是住院，他们也不敢让霸总太辛苦，不过实习生私以为霸总是不是一个人太无聊了，因为她居然看见霸总在看狗血小说，封面上写的是《腹黑狂少的惹火女友》，她当时站在门口简直不知道该不该进去。

空气中飘浮着一丝丝尴尬，她有点明白为啥霸总要换个单人病房了。

“这是我堂妹的书。”霸总觉得还是有必要解释一下。

“呃，您还挺关心您堂妹的哈。”

“也不知道现在小孩子脑子里都在想什么。”霸总一脸生无可恋，他看了一大堆堪称智障的桥段之后，一想到这些情节很有可能发生在自己身上，顿时有种遍体生寒的感觉。

等实习生走后，霸总用微微颤抖的手给他叔叔打了个电话，表示高考也没多久了，不如给堂妹多报几个补习班，所有的学习资料他全包了，然后又给那个“江湖骗子”打了个电话。

“我的剧本好像不对。”

“啊？剧本不对你找导演啊。”玄学大师莫名其妙。

“不是那个剧本，我是说你那个该死的符。”

“哦哦，怎么了？”

“我拿的好像是，女主的剧本。”霸总望着手里花里胡哨的书，再一次萌生了想撕书的念头。

“正常啊，因为加成之后给你选了戏份最多的角色，不过你不是不打算走剧情嘛。”

“问题是女主这些剧本太不正常了。”霸总气急败坏，“你没办法百分百避免掉这些剧情的话，还是会惹麻烦。我问你，如果我拿了主角剧本，那跟我对戏的会是谁？触发剧情后会不会对特定的人产生影响。”

“这个我倒没研究过，应该是随机的，如果你触发剧情每次都是同一个人的话，我建议你还是盯紧点。”

“为什么？”

“你在同一个人面前丢脸总好过在不同的人面前丢脸吧，大不了你收买人家。”

霸总沉思起来，他要想个办法把风险降到最低。

## 07

实习生送资料的时候霸总忽然问她有没有什么职业规划。这题她会，面试的时候她就画过饼了，她正襟危坐侃侃而谈。

霸总点了点头：“我需要一个助理，你挺有潜力，我想先培养你试试。”

“可是我还没毕业。”实习生很是意外。

“毕业后你可以直接转正，工资是实习期的三倍，不过你要接受调岗和相关培训，合同期限一年，一年后合格可以留任，如果有其他岗位意向也有优先选择权。”霸总的语气就和谈论今天午饭味道还可以一样。

实习生被这个从天而降的馅饼砸晕了：“那个，吴总我考虑一下行不行？”一转头她立马找了当初介绍她进来实习的学姐商量。

“还有这好事？”学姐正喝着奶茶，听她说完差点噎住。

“我也不敢相信，这不是找你商量来了。”

“你是在吴总手下吧。”学姐思忖了一会儿，“如果是这位大佬的话，他这么干也不是没有可能，他当初是空降到公司的，能力贼强，被公司其他高层各种排挤，人家上来就打了个出其不意。没准他是打算暗地里扶植自己的势力，你这种啥背景都没有的小透明最适合拿来当枪使。”

“学姐你别吓我，问题是我就是个打酱油的，也没啥作用啊。”

“也许这位大佬独具慧眼，看到了你身上我等凡人看不到的潜力。”学姐上上下下打量了她一圈，“哎，我说你们吴总不会喜欢你吧？”

“怎么可能。”实习生一脸无语，“他跟我压根就不是一辈人好吗。”

“怎么不是一辈人，你们吴总才 27 啊。”学姐震惊了，“人家到底是什么地方让你觉得他会老到跟你不是一辈人？”

“我去！他这么年轻？！”实习生也震惊了。

与其猜想霸总是不是喜欢她这种不切实际的问题，她还不如往阴谋论猜。横竖是个机遇，实习生想了想把合同签了。

08

第二天实习生就被打包派到了销售部。霸总的原话是：你毕业之前就待在销售部，有不懂的问我，你毕业的时候至少要拿到一次超额业绩。

实习生：……

她怀疑自己被骗了，但是她没有证据。

销售部那种地方，新人进去简直要脱层皮，实习生不是那种很会交际的性格，口才也一般，她每天都被工作毒打到怀疑人生。偏偏霸总还要求她每天写工作计划，实习生开始有点愤愤不平，后来发现无论多晚，霸总都会回复她的工作计划，并给出中肯的建议，实习生也不敢怠慢，老老实实按照霸总的指点努力。

两个月后实习生拿到销冠时，销售总监差点给她放了一挂鞭炮，并一个劲称赞霸总眼光好，找了个好苗子。然后这个好苗子就请了长假回去毕业。

和没日没夜想着怎么面对客户相比，毕业答辩简直不要太轻松，毕业典礼那天实习生没想到霸总居然来了。

霸总一米八的个子在人堆里存在感极强，远远看去竟有几分玉树临风的感觉。

室友惊叹之余偷偷问是不是她男朋友。实习生心想要是她男朋友就好了，个高腿长还能力强，嘴上实话实说：“没有，这是我上司。”

室友纷纷不相信。

吃散伙饭的时候霸总跟着一起，室友一个劲拉着霸总聊天，霸总进退有度谈笑自若，饭局结束实习生忍不住问他为什么会来。

霸总说毕业是件值得纪念的事，过了这道分水岭就意味着真正踏入社会，需要承担责任了，然后他拿出一沓厚厚的资料："回去以后把这些过一遍，明天十点半在公司大门集合，跟项目组去临市考察。"

室友：……现在相信了。

实习生打了个嗝，接过那沓资料，她明白过来了，吃完这顿最后的晚餐，她又要继续接受工作的毒打。

09

一年的时间远远没有她想得难熬，她每天要做的事太多了，霸总的工作量超乎她的想象，她身为助理必须把这些事情处理得井井有条。

而且霸总不知道是厄运体质还是怎么回事，时不时会发生一些小意外，比如下雨大没带伞，出门总是堵车，感冒发烧送医院她就遇见了三回。

与此同时她的应变能力也越来越快，从最开始的手足无措到游刃有余也不过是几个月的时间而已。

符咒消失的那天，霸总心情很好。那天有个策划案和甲方商谈，气氛胶着，对方咄咄逼人寸步不让，身为助理的实习生动用浑身解数，态度不卑不亢，有理有据，竟然给谈了下来。

实习生已经具备了独当一面的能力，培养出一个得力助手的霸总于是心情更好了。

晚上和甲方应酬完，实习生开车把霸总送回去。

大抵是今天霸总心情愉悦过于明显，实习生迟疑了一会儿在霸总下车后开口了："吴总，有个事我想问你一下。"

"你说。"

“我可不可以追你？”实习生说完明显看见霸总愣住了，她马上后悔了，没有人能抵抗一个足够优秀的人，尤其是这个优秀的人还腿长，她当然清楚她跟霸总之间的差距，所以一直不敢去想，结果一时脑抽居然说了出来。

霸总沉默了两秒问：“我能问一下原因吗？”

“这个我觉得不需要原因吧。”实习生心情紧张，“非要说个理由，大概是你太有魅力了吧。”

霸总松了口气，幸好实习生没说你成功引起了我的注意，他差点以为那个神经病一样的符咒还没结束。

“就我个人而言，我是不太支持办公室恋情，和共事的同事谈感情会影响工作。”霸总仔细思考了一会儿才慢慢开口。

实习生在心里叹了口气，给自己点了个蜡。

“所以抱歉，我可能得把你引荐到总公司了。”霸总嘴角露出一丝微笑，“希望我的得力助理也能成为一个优秀的女朋友。”

END

写 下 你 的 小 心 事

You are the treasure I found on earth

你像是我在人间发现的宝藏。

年 月 日

Cross the stars and the moon to meet yourself better.

跃过星月遇见更好的自己。

年　　月　　日

漫娱图书

# 推书系列来啦！

这里有反常规反套路脑洞大开的故事！

这里有各种你喜欢的男神！

这里还有你可以尽情体验的多样人生！

快来一起打开这些多样的世界吧

图书在版编目(CIP)数据

糖衣炮弹.11，是！前辈／糖糖主编.
—武汉：长江出版社，2020.8
ISBN 978-7-5492-7181-8
Ⅰ.①糖… Ⅱ.①糖… Ⅲ.①短篇小说－小说集－中国－当代 Ⅳ.①I247.7
中国版本图书馆CIP数据核字(2020)第160403号

---



糖衣炮弹.11，是！前辈／糖糖主编

| | |
|---|---|
| 出　　版 | 长江出版社<br>（武汉市解放大道1863号　邮政编码：430010） |
| 选题策划 | 漫　娱　李苗苗 |
| 市场发行 | 长江出版社发行部 |
| 网　　址 | http：//www.cjpress.com.cn |
| 责任编辑 | 李　恒 |
| 特约编辑 | 熊　璐 |
| 总 编 辑 | 熊　嵩 |
| 执行总编 | 罗晓琴 |
| 特约画手 | 神棍张帝心 |
| 装帧设计 | 刘江南　许　颖 |
| 印　　刷 | 中华商务联合印刷（广东）有限公司 |
| 开　　本 | 787mm×1092mm 1／32 |
| 印　　张 | 7.75 |
| 字　　数 | 220千字 |
| 版　　次 | 2020年8月第1版 |
| 印　　次 | 2020年9月第1次印刷 |
| 书　　号 | ISBN 978-7-5492-7181-8 |
| 定　　价 | 36.00元 |

---


电话：027-82926557(总编室)　027-82926806(市场营销部)

漫娱图书
SINCE BOOKS
长江出版社
CHANGJIANG PRESS
SPACE CRACK
次元时空裂缝